KB078239

회귀자와 함께
살아가는 법

회귀자와 함께 살아가는 법 ㅁ

재미두스푼 현대 판타지 소설

초판 1쇄 찍은 날 § 2022년 8월 19일
초판 1쇄 펴낸 날 § 2022년 8월 26일

지은이 § 재미두스푼
펴낸이 § 서경석

총괄팀장 § 황창선
편집책임 § 이준영
디자인 § 스튜디오 이너스

펴낸곳 § 도서출판 청어람
등록번호 § 제387-1999-000006호
등록일자 § 1999. 5. 31
어람번호 § 제1-3190호

본사 § 경기도 부천시 부일로 483번길 40 서경B/D 3F (우) 14640
편집부 § 서울시 구로구 디지털로 272 한신IT타워 404호 (우) 08389
전화 § 02-6956-0531 팩스 § 02-6956-0532
http://www.chungeoram.com
E-mail § chungeorambook@daum.net

ISBN 979-11-04-92454-5 04810
ISBN 979-11-04-92411-8 (세트)

도서출판
청람

9

회귀자와 함께
살아가는 법

재미두스푼

현대 판타지 소설

MODERN FANTASTIC STORY

회귀자와 함께
살아가는 법

목차

Chapter. 1   ··   7

Chapter. 2   ··   67

Chapter. 3   ·· 123

Chapter. 4   ·· 183

Chapter. 5   ·· 243

Chapter. 1

— 페널티가 해제됐습니다.

이토 겐지의 눈앞에 생소한 메시지가 떠오른 것은 단골 식
당에서 구입해 온 도시락으로 저녁 식사를 막 시작했을 때였
다.

"드디어!"

비록 생소하긴 했지만 가장 간절히 기다리고 있었던 메시
지.

모래알을 씹는 것처럼 퍽퍽하던 밥맛이 갑자기 달게 느껴졌
을 정도로 눈앞에 떠올라 있는 메시지는 반가웠다.

"이제… 됐다."

그동안 이토 겐지가 가장 두려워했던 것.

자신이 받았던 페널티가 지속되는 기간에 대해서 알지 못한다는 점이었다.

― 변종 회귀자가 세상의 균형을 해칠 수 있을 정도로 지나친 간섭 행위를 한 탓에 경고와 페널티를 받습니다. 당신은 세상의 균형을 해치기에 충분한 지나친 간섭 행위를 했습니다. 그로 인해 페널티가 주어집니다.

페널티를 받았을 당시, 이토 겐지의 눈앞에 떠올랐던 메시지.

그 메시지는 불친절하기 짝이 없었다.

페널티의 정체가 무엇인지에 대해서 알려 주지도 않았고, 정확히 어떤 사유로 페널티를 받게 됐는가에 대한 구체적인 설명도 없었으며, 페널티가 지속되는 기간이 대체 언제까지인지도 알려 주지 않았으니까.

'어쩌면… 다시는 미래 지식을 사용할 수 없게 된 게 아닐까?'

미래 지식을 떠올릴 수 없게 되는 것이 페널티의 정체란 것임을 알아내는 데까지는 그리 오랜 시간이 걸리지 않았다.

그렇지만 페널티의 정체에 대해서 알고 난 후에도 안심이 되긴커녕 오히려 불안감이 더 커졌다.

자칫 잘못하면 두 번 다시 회귀자의 최대 무기라 할 수 있는 미래 지식을 활용할 수 없게 될지도 모른다는 우려가 들어서였다.

그리고 불안함과 함께 불편함도 느껴졌다.

차라리 처음부터 회귀자가 아니었다면 모를까.

그동안 회귀자로 살아오면서 마음껏 미래 지식을 활용하다가 갑자기 미래 지식을 사용할 수 없게 되자 불편함이 배가됐다.

그래서 꽤 오랜 시간 동안 전전긍긍하며 좌절하고 있었는데.

"후우!"

마침내 페널티가 해제됐다는 메시지가 눈앞에 떠올라 있는 것을 확인한 순간, 부지불식간에 안도의 한숨이 입술을 비집고 새어 나왔다.

또, 마치 꽉 막힌 것처럼 답답하던 머릿속이 갑자기 탁 트이는 느낌을 받았다.

그동안 아무리 애써 봐도 떠오르지 않았던 미래 기억들이 다시 선명하게 떠올랐기 때문이었다.

"됐다!"

페널티를 받았을 때와 페널티가 해제된 지금.

달라진 것은 딱 하나였다.

바로 미래 기억들이 머릿속에 선명하게 떠오르는 것뿐이었다.

그렇지만 그 하나의 차이는 이토 겐지에게 큰 변화를 일으켰다.

'할 수 있다!'

무엇이든 할 수 있다는 자신감이 샘솟았으니까.

"무엇부터 시작할까?"

자신감과 함께 의욕도 덩달아 샘솟았다.

그래서 한껏 의욕을 내뿜던 이토 겐지가 이내 고개를 가로저었다.

"축배부터 들어야지."

페널티가 해제된 것은 분명 축하할 일.

그래서 오늘 하루만큼은 축배를 마시며 즐기기로 결심한 이토 겐지가 냉장고에서 샴페인을 꺼냈다.

냉장고에 들어 있는 재료를 이용해서 간단한 안주를 준비하고 샴페인을 잔에 따른 후 TV를 켰다.

"펜싱 샤브르 남자 종목 단체전 결승?"

방콕 아시안 게임 중계를 하고 있는 TV 화면을 무심한 표정으로 바라보던 이토 겐지가 두 눈을 빛냈다.

한국 VS 일본.

두 국가가 펜싱 샤브르 종목 남자 단체전 결승에서 맞붙는다는 사실을 확인했기 때문이었다.

"야무라 켄지가 활약하겠군."

이토 겐지는 펜싱 마니아였다.

특히 일본 펜싱계의 스타 플레이어이자 남자 샤브르 종목을 대표하는 에이스인 야무라 켄지의 오랜 팬이었다.

"구병길과 야무라 켄지가 펼치는 맞대결 결과에 따라서 메달 색깔이 갈리겠군."

야무라 켄지는 일본 남자 샤브르 종목의 에이스.

구병길은 한국 남자 샤브르 종목의 에이스.

그래서 단체전 결승에서 두 선수가 선봉으로 나서서 맞대결을 펼칠 가능성이 아주 높았고, 어느 선수가 기선을 제압하느냐에 따라서 단체전 결승전의 승패가 결정이 날 거라고 예상한 것이었다.

"누가 이길까? 그래도 야무라 켄지가 한 수 위가 아닐까?"

이토 겐지는 조심스럽게 야무라 켄지의 우세를 점쳤다.

"재밌겠군."

양 국가가 맞붙는 남자 샤브르 종목 단체전 결승전에 흥미를 느끼며 샴페인 잔을 들어 올려 입으로 가져갔다. 그렇게 샴페인을 한 모금 마시던 중 놀라운 광경에 두 눈을 크게 떴다.

TV 중계 화면에 등장할 것이라고는 전혀 예상치 못했던 얼굴을 발견했기 때문이었다.

"서… 진우?"

잘못 본 것이 아니었다.

이토 겐지는 서진우를 분명히 알아봤다.

"서진우가… 대체 왜 저기 있는 거지?"

그로 인해 당혹스러움을 느끼는 사이, 결승전이 시작됐다.

"구병길이 아니라… 서진우가 선봉이다?"

그리고 남자 샤브르 종목 단체전 결승에 올라온 한국 팀의 선봉으로 서진우가 등장한 것을 확인한 이토 겐지가 더욱 당혹스러움을 느끼며 혼잣말을 꺼냈다.

"대체 어디로 튈지 모르겠군."

*   *   *

운동선수에게 병역 특례 혜택이 주어지기 시작한 시점은 1973년이었다.

국제 대회 우승으로 국가 위상을 드높이는 것이 절박했던 시기였기 때문에 병역 의무의 특례 규제에 대한 법률을 만들어 국가 이익을 위하여 필요할 때 선발을 거쳐 운동선수에게 병역 특례 혜택을 주도록 했었다.

이때만 해도 올림픽 및 아시안 게임 등에서 3위 이내에 입상한 경우 병역 특례 혜택을 주었다.

그러다 1990년에 '올림픽 3위 이상, 또는 아시안 게임 1위 입상자'에게만 병역 면제 혜택을 주는 것으로 법이 바뀌었다.

서울 올림픽 이후 대상자들이 늘어나면서 병역 특례 대상이 많이 늘어났기 때문이었다.

'목표에 근접했네.'

남자 샤브르 종목 단체전 준결승에서 이란 팀을 꺾고 결승전에 진출한 덕분에 최소 은메달은 확보한 상황이었다.

하지만 아직 만족하기는 일렀다.

애초에 내 목표는 아시안 게임에서 금메달을 획득해서 군 면제를 받는 것.

은메달을 획득하는 것은 의미가 없었다.

무조건 금메달을 획득해야만 군 면제를 받는다는 처음 목표를 달성할 수 있는 것이었다.

그때 구병길이 앞으로 다가왔다.

"서진우!"

"네."

"집중해."

"……?"

"아직 금메달 딴 것 아니니까."

구병길이 꺼낸 말을 들은 내가 움찔했다.

남자 샤브르 단체전의 유력한 우승 후보인 이란을 준결승에서 꺾고 난 후, 난 우승에 대한 확신을 갖기 시작했다.

'구부 능선은 넘었다. 군 면제를 받는 데 성공했으니까 앞으로 뭘 해야 하지?'

부지불식간에 이런 생각을 머릿속으로 떠올리고 있었으니까.

"아직 안 끝났다. 긴장의 끈을 놓지 마."

노련한 선수답게 이런 내 심리를 간파한 구병길의 충고 덕분에 난 풀어졌던 긴장의 끈을 다시 조일 수 있었다.

'의욕이… 넘치네.'

남자 샤브르 종목 개인전에서 아깝게 메달 획득에 실패했던 구병길은 의욕이 크게 떨어진 상태였다.

하지만 그로부터 얼마 시간이 흐르지 않았음에도 불구하고, 지금은 다시 의욕이 충만해 있었다.

그런 내 시선을 느낀 구병길이 물었다.

"왜 그렇게 봐?"

"사람이 달라진 것 같아서요."

"무슨 소리야?"

"다시 의욕이 넘치는 것 같은데요."

"그건 당연한 거야."

"……?"

"결승전 상대가 일본이니까."

'이건… 반박 불가지.'

다른 경기는 몰라도 한일전에서는 무조건 이겨야 하는 것이 진리.

게다가 일본과 결승전에서 만났으니 더욱 이겨야 했다.

그래서 내가 수긍했을 때, 구병길이 덧붙였다.

"그리고 제대로 설욕하고 싶으니까."

'승부욕이 불타올랐네.'

방콕 아시안 게임 국가 대표로 출전한 구병길의 목표는 2관왕.

남자 샤브르 종목 개인전과 단체전에서 모두 금메달을 획득하는 것이었다.

그러나 단체전에 앞서 열렸던 개인전에서 구병길은 아깝게 메달 획득에 실패했다. 그리고 구병길의 결승 진출을 막아 세웠던 것이 바로 일본 팀의 에이스인 야무라 켄지였다.

그런데 단체전 결승전에서 다시 일본과 만났다.

그러니 구병길의 입장에서는 야무라 켄지에게 제대로 설욕하고 싶으리라.

"적당한 타이밍에 잘 찾아오셨습니다."

"무슨 뜻이야?"

"선배 덕분에 정신 차렸다는 뜻입니다."

"……?"

"군 면제도 걸려 있는 데다가… 한일전은 무조건 이겨야죠."

내가 희미한 웃음을 머금은 채 입을 떼자, 구병길의 표정도 밝아졌다.

"그래, 무조건 이겨야지."

"전략은요?"

한일전에서 승리하기 위해서 강한 정신력으로 무장하는 게 중요한 것은 부인할 수 없는 사실.

하지만 강한 정신력 못지않게 중요한 것이 전략이었다.

그래서 어떤 전략을 수립해서 결승전에서 사용할 것이냐고 묻자, 구병길이 대답했다.

"결승전 전략은 그동안 아끼고 아꼈던 비밀 병기를 최대한 활용하는 거야. 우리 팀 비밀 병기인 네가 기선 제압을 해 줘."

"어?"

구병길이 꺼낸 대답을 들은 내가 당황했다.

기선 제압을 해 달라고 부탁하는 것은 내게 단체전 경기 선봉을 맡긴다는 의미였기 때문이었다.

기선을 제압한다는 의미에서 선봉은 중요했다.

그런 이유로 보통 팀의 에이스가 선봉으로 출전했다.

일본 팀의 에이스는 야무라 켄지.

그가 일본 팀의 선봉을 맡아서 출전할 것이 유력한 상황이었다.

그래서 야무라 켄지에게 설욕을 잔뜩 벼르고 있는 구병길이 당연히 한국 팀 선봉으로 출전할 거란 내 예상이 빗나간 셈이었다.

"선봉으로 출전하고 싶지 않으십니까?"

"마음이야 굴뚝같지."

"그런데 왜 선배가 선봉으로 출전하지 않으시는 겁니까?"

"가슴은 뜨겁게, 머리는 차갑게."

"……?"

"내가 아니라 우리 팀의 비밀 병기인 네가 선봉으로 출전하는 편이 우승할 확률이 높아지거든."

구병길이 대답을 마친 순간, 내가 감탄했다.

그가 남자 샤브르 종목 국내 랭킹 1위에 오를 수 있었던 원동력은 강한 승부욕이었다.

당연히 이번 기회에 개인전에서 쓰라린 아픔을 안겼던 야무라 켄지에게 설욕하고 싶다는 욕심이 분명 클 터.

그럼에도 불구하고 구병길은 본인의 승부욕을 눌렀다.

대신 단체전 결승전에서 일본 팀을 이기고 우승할 수 있는 확률을 조금이라도 높일 수 있는 방법을 선택했다.

'잘해야겠네.'

그래서 내가 속으로 선봉 임무를 잘 수행해야겠다는 각오를 다졌을 때, 구병길이 덧붙였다.

"서진우, 믿는다."

*　　　　*　　　　*

"아, 한국 팀의 선봉으로는 구병길 선수가 아닌 서진우 선수가 등장하는군요. 물론 이란과의 단체전 준결승전에서도 서진우 선수가 선봉으로 출전해서 훌륭한 활약을 했지만, 말 그대로 이란 팀을 혼란에 빠뜨리기 위한 변칙 엔트리였습니다. 그래서 결승전에서는 한국 대표팀이 변칙을 버리고 정석을 택할 거란 예상이 빗나갔습니다. 단체전 준결승전에 이어 결승전에서도 한국팀은 깜짝 변칙 엔트리를 선보입니다. 과연 이 깜짝 변칙 엔트리를 선택한 것이 어떤 결과로 이어질지 귀추가 주목되는 가운데……."

'또… 서진우가 선봉으로 나섰네.'

정유경의 입가로 희미한 미소가 번졌다.

한상우가 출전했던 유도 결승전 대신 펜싱 남자 사브르 종목 단체전 준결승 경기를 중계하는 위험한 선택을 내렸던 것.

결과적으로는 대성공이었다.

유력한 금메달 후보로 손꼽혔던 한상우는 결승전에서 상대 선수에게 패하며 은메달을 획득하는 데 그쳤다.

결승전 상대는 마츠모토 세이지.

하필 일본 선수에게 패한 데다가 결승전 경기가 시작한 지 채 2분도 지나지 않은 비교적 이른 시점에 한판승으로 패했다.

그래서 실망한 시청자들은 일제히 채널을 돌렸고, 남자 샤브르 종목 단체전 준결승 경기 중계에 채널을 고정했다.

이것이 위험하고 무모해 보였던 선택이 결과적으로 성공을 거두었던 이유.

'국장님이 엄청 좋아하시겠네.'

정유경의 입가에 떠올라 있던 미소가 짙어졌다.

선점 효과라는 말이 괜히 있는 게 아니었다.

다른 방송국과 달리 남자 샤브르 종목 단체전 경기를 준결승부터 중계했기에 시청자들은 결승전에서도 채널을 돌리지 않고 계속 볼 확률이 높았다.

그래서 지금쯤 권영호 국장이 덩실덩실 춤을 추고 있을지도 모르겠단 생각을 하고 있을 때였다.

지이잉, 지이잉.

휴대 전화가 진동했다.

"여보세요."

―나야.

'국장님도 양반은 못 되시겠네.'

권영호 국장에게서 걸려 온 전화임을 안 정유경이 실소를 터뜨렸다.

―웃는 것 보니까 너도 좋구나.

그리고 예상대로 권영호 국장의 목소리는 잔뜩 상기되어 있었다.

"저도 좋네요."

―아직이야.

"네?"

―샴페인 터뜨리기에는 너무 이르다고.

권영호 국장이 따끔한 충고를 건넨 후 덧붙였다.

―그러니까 빨리 움직여.

"네?"

―아직 결승전 시작하려면 시간 좀 남았잖아. 귀한 게스트 분들 실컷 모셔 놓고 국 끓여 먹을 거야? 빨리 인터뷰 따서 내보내야 할 것 아냐?

시청률을 올리는 데는 유명 연예인을 활용하는 것처럼 쉽고 확실한 방법이 없었다.

'아차!'

권영호 국장의 재촉을 들은 정유경은 아차 하는 마음이 들었다.

마침 연예 기획사 '블루윈드' 소속 유명 연예인들이 서진우의 집에 모여 있는 상황.

권영호 국장의 말대로 평소에 한 명 모시기도 힘든 귀한 게스트들이 잔뜩 모여 있는 이 상황을 최대한 활용하는 것이 맞았다.

"알겠습니다. 끊을게요."

권영호 국장과의 통화를 서둘러 마친 정유경이 카메라맨에게 손짓하며 이강희의 앞으로 다가갔다.

"이강희 씨, 인터뷰 좀 부탁해도 될까요?"

"그럼요."

"이번 남자 샤브르 종목 단체전에 출전하고 있는 서진우 선수에 대한 자료를 찾던 도중에 흥미로운 기사를 발견했어요. 예전에 이강희 씨가 예능 프로그램에 출연해서 'IMF'라는 영화에 노 개런티로 출연했던 이유가 은인에게 보답하기 위해서라고 말씀하셨던 기사요. 그래서 'IMF'라는 영화의 정보를 확인해 봤더니 유니버설 필름과 레볼루션 필름, 두 영화 제작사가 공동 제작을 했더라고요."

"맞아요."

"그리고 영화 제작사 레볼루션 필름의 대표가 서진우라고 나오던데… 혹시 남자 샤브르 종목 단체전에 출전한 서진우 선수와 동일인인가요?"

"네."

"정말… 동일인인가요?"

"믿기 힘드시죠?"

"네? 네."

"그런데 사실이에요."

"그러니까… 현재 한국대학교 법학과에 재학 중인 데다가 유명 연예 기획사 '블루윈드'의 이사, 흥행 영화들을 잇따라 배출한 영화 제작자, 그리고 펜싱 남자 샤브르 종목 국가 대표까지. 이게 전부 서진우 선수의 이력이 맞다는 거죠?"

"일단은 맞아요."

"일단은… 이라니요?"

"어쩌면 제가 모르는 게 더 있을 수도 있거든요."

"이것만 해도 엄청난데요. 서진우 선수, 이력이 정말 대단하네요."

"네, 우리 서 이사님 정말 대단한 분이세요."

'됐다.'

서진우의 특이한 이력과 능력을 부각시켜서 시청자들의 관심을 끌어모으려 했던 계획이 성공했다고 판단한 정유경의 입가로 미소가 번졌을 때였다.

"드디어 대망의 결승전이 시작됩니다."

아나운서가 격앙된 목소리로 펜싱 남자 샤브르 종목 단체전 결승전의 시작을 알렸다.

＊　　　　＊　　　　＊

준결승전에 이어서 결승전에서도 변칙 엔트리를 내세운 한국 팀과 달리 일본 팀은 결승전에서도 정석 엔트리를 고집했다.

예상대로 일본 팀 에이스인 야무라 켄지가 기선 제압을 위해서 선봉으로 출전했다.

"엉가르!"

난 준비 자세를 취하며 야무라 켄지를 유심히 관찰했다.

'신중해!'

나에 대한 전력 분석을 제대로 하지 못했기 때문일까.

헬멧 너머 보이는 야무라 켄지의 눈빛은 신중했다.

원래라면 중요한 경기를 앞두고 흥분하지 않고 신중함을 유지하는 것은 장점일 터.

하지만 샤브르 종목의 경우는 예외였다.

그 이유는 샤브르 종목, 특히 남자 샤브르 종목의 경우 선제공격을 펼칠 때 압도적으로 유리한 종목이었기 때문이었다.

'생각이 많아!'

신중하다는 것은 생각이 너무 많다는 것.

그리고 생각이 많다는 것은 승부처에서 빠르게 결단을 내리지 못하고 머뭇거릴 가능성이 높다는 뜻이었다.

"알레!"

그때 주심이 경기 시작을 알렸다.

타다닷.

경기 시작을 알리는 구호가 떨어지기 무섭게 난 지체하지 않고 앞으로 달려 나갔다.

그 순간, 헬멧 너머 야무라 켄지의 눈동자가 흔들리는 것이 보였다.

이란과의 준결승전에서 내가 사용했던 전략은 주로 선수비 후 공격.

그런데 준결승 때와는 달리 심판이 경기 시작을 알리자마자 득달같이 달려들며 선제공격을 펼치는 것이 야무라 켄지의 예상과 달랐기에 당황한 것이었다.

쉭.

그동안 연습을 통해 몸에 익힌 스텝을 밟으며 야무라 켄지의 가슴을 노리고 찌르기 공격을 펼쳤다.

쉬익.

뒷걸음질 치던 야무라 켄지도 매서운 반격을 시도했다.

'콩트르 파라드!'

야무라 켄지가 사용하려는 기술을 간파한 순간, 난 빠르게 샤브르의 궤적을 바꾸었다.

쐐애액.

찌르기에서 베기 공격으로.

채앵.

그리고 태극일원공의 기운을 가득 머금은 내 샤브르가 고급 기술인 콩트르 파라드 기술을 펼치려던 야무라 켄지의 샤브르와 부딪쳤다.

툭.

야무라 켄지는 원래 의도대로 콩트르 파라드 기술을 펼치지 못했다.

내 샤브르에 실려 있는 태극일원공의 강한 기운을 감당하지 못하고 샤브르를 손에서 놓쳤기 때문이었다.

경기 중에 본인의 샤브르를 손에서 놓쳐 버리는 것.

펜싱 선수에게는 치욕적인 일이었다.

그 치욕스러운 상황을 맞닥뜨린 것에 당혹스러워서일까.

퍼억.

야무라 겐지의 움직임이 둔해진 순간, 빠르게 방향을 바꾼
내 샤브르가 그의 가슴을 강하게 찔렀다.

                    *   *   *

"실력이 많이 늘었네."

관중석에서 펜싱 남자 샤브르 종목 단체전 결승에 출전한
서진우의 모습을 지켜보던 신복동의 입가에 여유로운 미소가
떠올랐다.

펜싱 문외한.

불과 일 년 전 신복동 펜싱 클럽으로 찾아왔던 서진우는
펜싱에 대해서 문외한이나 마찬가지였다.

"검도가 방콕 아시안 게임 정식 종목이 아니라는 사실을 뒤늦
게 알게 돼서 펜싱으로 갈아 타기로 했습니다."

당시 펜싱 클럽으로 찾아왔던 서진우가 꺼냈던 이야기를 듣
고서 얼마나 황당했던가.

그래서 처음에는 그냥 쫓아내 버리려고 했다.

그럼에도 불구하고 신복동이 서진우를 수제자로 받아들였던 이유는 천부적인 운동 신경을 확인했기 때문이었다.

'앞으로 내가 꼼꼼하게 잘 지도하면 좋은 재목이 될 거야.'

이런 생각을 가진 채 서진우를 제자로 받아들였었는데.

서진우가 성장하는 속도는 신복동의 예상 범위를 훌쩍 뛰어넘었다.

펜싱을 시작한 지 불과 1년도 지나지 않아서 쟁쟁한 선수들을 모두 제치고 국가 대표로 발탁된 것이 그 증거였다.

'만약 진우가 펜싱을 조금만 더 일찍 시작했다면… 이번 아시안 게임 단체전뿐만 아니라 개인전에도 출전했을 거야.'

구병길, 그리고 이민상.

FIE 점수가 높은 순으로 아시안 게임 샤브르 종목 개인전에 출전하는 두 명의 선수들이 결정됐다.

국내 대회에서는 두 차례 우승을 차지했지만, FIE 점수가 많이 걸려 있는 국제 대회에는 아예 참가했던 적이 없기 때문에 서진우가 이미 벌어진 FIE 점수 격차를 좁히는 것은 애초에 불가능했다.

그로 인해 서진우는 이번 방콕 아시안 게임에서 개인전이 아닌 단체전에만 출전하게 됐지만, 절대로 구병길과 이민상에 비해 실력이 뒤떨어지는 것이 아니었다.

펜싱을 시작한 시기가 늦었던 탓에 FIE 점수를 쌓을 기회가 없었을 뿐이지, 실력만 놓고 보자면 두 선수와 대등하거나

오히려 앞섰다.

'이민상 대신 진우가 샤브르 종목 개인전에 출전했다면 결과가 더 좋지 않았을까?'

그래서 신복동은 아쉬운 마음이 못내 깃들었다.

만약 펜싱 협회 부회장으로 취임한 자신이 개입했다면 이민상 대신 서진우를 개인전에 출전시키는 것도 아주 불가능한 일은 아니었다.

그럼에도 불구하고 신복동이 끝내 개입하지 않았던 이유.

원칙을 무너뜨리고 싶지 않아서였다.

'선수 선발 과정에서 내가 나서서 원칙을 무너뜨리면 정명섭과 다를 바가 없으니까.'

어쨌든 서진우가 이렇게 이른 시점에 국가 대표로 발탁돼서 방콕 아시안 게임에 출전한 것만 해도 대단한 일이었다.

게다가 방콕 아시안 게임에서 메달을 따서 군 면제를 받겠다던 원래 계획도 결과적으로 달성한 셈이었다.

"하여간… 난놈이긴 해."

거기까지 생각이 미친 신복동이 절레절레 고개를 가로저었다.

서진우가 협회장 배 펜싱 대회에 첫 출전 했을 때만 하더라도 신복동은 그가 물가에 내놓은 어린아이처럼 불안했다.

그래서 긴장된 마음에 서진우가 경기하는 모습을 제대로 지켜보지도 못했었는데.

지금은 달랐다.

천부적인 재능에 노력까지 더해진 덕분일까.

서진우는 남자 샤브르 종목 단체전 결승전에 오른 한국 팀의 에이스 역할을 해내기에 충분한 실력을 보여 주고 있었다.

이번 대회 남자 샤브르 종목 개인전 은메달리스트이자 일본 팀의 에이스인 야무라 켄지를 상대로 압도적인 실력 차이를 보여 주는 것이 서진우가 엄청나게 성장했다는 증거.

덕분에 신복동도 예전과는 다르게 마음을 졸이지 않고 여유 있게 서진우가 경기하는 모습을 지켜볼 수 있었다.

그때, 다시 전광판에 붉은색 불이 들어왔다.

39 대 23.

"으아악!"

추가 득점을 올리는 데 성공한 이민상이 주먹을 불끈 움켜쥐며 환호했다.

반면 실점한 다나카 마사오는 고개를 푹 숙였다.

믿었던 팀의 에이스 야무라 켄지가 서진우에게 압도당하며 무너졌기 때문일까.

일찌감치 기선을 제압당한 일본 팀의 나머지 선수들은 기가 죽고 위축된 나머지 제 실력을 전혀 발휘하지 못하고 있었다.

그래서 남자 샤브르 종목 단체전 결승전 경기 양상은 일방적으로 흘러가고 있었다.

"아아악!"

잠시 후 추가 득점에 성공한 이민상이 또 한 번 괴성을 내질렀다.

한국팀의 단체전 우승을 확신했기에 내지른 이민상의 괴성과 함께 8바우트도 끝이 났다.

스코어는 40 대 23.

이제 한국 팀의 금메달 획득까지는 단 5포인트만이 남아 있었다.

마지막 9바우트.

양 팀의 에이스들이 출전하는 9바우트를 앞두고 일본 팀은 예상대로 야무라 켄지가 출전했다.

야무라 켄지가 불리한 경기를 기적적으로 뒤집어 주길 바라는 실낱같은 희망을 품은 채 에이스를 내보낸 것.

"진우가… 아니구나!"

한국 팀의 에이스로는 당연히 서진우가 출전할 거라 예상했는데.

신복동의 예상은 빗나갔다.

마지막 9바우트에 출전한 것은 구병길이었다.

"양보했구나."

야무라 켄지는 앞서 열렸던 남자 샤브르 종목 개인전 준결승에서 접전 끝에 구병길의 결승 진출을 막아 세웠던 장본인.

그래서 서진우가 야무라 켄지에서 설욕할 수 있는 기회를 구병길에게 양보해 준 것임을 신복동은 금세 알아챘다.

"배려심도 갖추고 있단 말이야."

선수라면 누구나 주인공이 되고 싶어 하는 법이다.

서진우 역시 자신의 손으로 우승을 확정 지으면서 더 주목받고 싶을 터였다.

그럼에도 불구하고 서진우가 그 기회를 기꺼이 구병길에게 양보한 것은 서진우가 배려심도 갖추었다는 증거였다.

그리고 그 점을 잘 알고 있음에도 신복동이 이렇게 아쉬워하는 것은

"이제… 진우의 경기는 더 이상 볼 수 없겠구나."

라는 생각이 들어서였다.

혜성처럼 등장한 후 연달아 국내 대회에서 우승을 차지하면서 펜싱계에 커다란 충격과 신선한 바람을 몰고 왔던 서진우.

그가 오늘 경기를 끝으로 펜싱계를 떠날 것이라는 사실을 신복동은 이미 알고 있었다.

앞으로 서진우가 경기하는 모습을 더 이상 볼 수 없다는 것으로 인해 진한 아쉬움을 느끼던 신복동이 작게 혼잣말을 꺼냈다.

"진우야, 우승 축하한다."

*   *   *

최종 스코어 45 대 23.

마지막 9바우트에 출전한 구병길은 야무라 켄지를 상대로 한 포인트도 뺏기지 않고 5포인트를 획득했다.

개인전에서 패배했던 것에 대한 완벽한 설욕.

"아아아악!"

야무라 켄지에게 설욕을 해낸 것이 기뻐서일까.

한국 팀의 우승을 확정하는 마지막 포인트를 획득한 순간, 구병길은 기쁨의 포효를 내질렀다.

'이겼다!'

한일전에는 묘한 부담감과 압박감이 존재했다.

일본을 상대로 꼭 이겨야 한다는 부담감과 압박감을 이겨내고 승리를 거두자, 짜릿한 희열이 가슴 밑바닥부터 솟구쳐 올랐다.

'역시 일본을 상대로는 무조건 이기고 보는 게 맞아.'

난 속으로 생각하며 포효하고 있는 구병길에게 달려갔다.

"선배, 금메달리스트 되신 것 축하합니다."

"진우야, 고맙다."

누가 먼저랄 것도 없이 서로를 와락 끌어안았다.

"네가 아니었다면… 절대로 금메달 못 땄을 거야."

"저 혼자 잘한 게 아닙니다. 선배를 포함해서 모두 좋은 활약을 했기 때문에 금메달을 딸 수 있었던 겁니다."

"자식, 말도 참 예쁘게 한단 말이야. 그리고… 마지막 9바우트 출전, 내게 양보해 줘서 고맙다."

"별말씀을요. 당연한 겁니다."

"멋진 새끼. 진짜 고맙다."

재차 고맙다고 인사하던 구병길의 표정이 갑자기 어두워졌다.

"아니지?"

"뭐가 말입니까?"

"오늘 경기가 고별전이었던 것, 아니지?"

그리고 어두워진 표정으로 펜싱을 계속하지 않을 것이냐 묻는 것임을 알아챈 내가 대답했다.

"맞습니다."

"응?"

"오늘 경기가 고별전이었습니다."

"너무… 아깝잖아."

"박수 칠 때 떠나라는 말도 있지 않습니까?"

"그래도…"

"그리고 제가 펜싱을 그만두는 것을 선배는 다행으로 여기셔야 합니다."

"응?"

"제가 펜싱을 계속하면 선배는 국내 랭킹 1위에서 밀려날 테니까요."

"그래도 상관없어."

"네?"

"그러니까… 좀 더 같이하면 안 돼?"

좋았던 순간들에 대한 미련이 남아서일까.

구병길은 앞으로도 계속 펜싱을 함께하자고 제안했지만, 난 고개를 가로저었다.

"펜싱 선수 서진우는 여기까지입니다."

"단호하긴."

"승부사는 단호해야죠."

"하핫!"

"그동안 여러모로 감사했습니다."

군 면제를 받기 위해서 시작한 펜싱.

그렇지만 그 과정에서 좋은 사람들을 만나서 즐거운 추억들을 많이 남겼다는 생각이 들었다.

그래서 감사 인사를 건넨 순간, 구병길이 고개를 가로저으며 진심을 담아 말했다.

"내가 고맙다. 아니, 우리 펜싱인들은 모두 너한테 고마워할 거야. 그리고… 많이 보고 싶을 것 같다."

*   *   *

마쓰비시 상사 대표 이사실.

엔도 코타로가 양손을 주머니에 넣은 채 창밖을 말없이 응시하고 있는 이토 겐지를 힐끗 살폈다.

그의 표정이 딱딱하게 굳어져 있는 것을 확인한 엔도 코타로가 조심스럽게 질문했다.

"무슨 언짢은 일이라도 있으신 겁니까?"

"가슴 아픈 일이 있었습니다."

"어떤 일이…?"

"야무라 켄지가 무너졌습니다."

잠시 후 이토 겐지에게서 돌아온 대답.

'야무라 켄지가… 누구지?'

재빨리 기억을 헤집던 엔도 코타로가 야무라 켄지가 유명 펜싱 선수라는 사실을 떠올리는 데 성공했다.

〈남자 샤브르 종목 단체전 결승에서 한국의 벽을 넘지 못한 일본 대표 팀〉

그리고 방콕 아시안 게임 남자 샤브르 종목 단체전 결승전에서 일본 대표 팀이 한국 대표 팀에게 패해서 준우승에 그쳤다는 기사를 봤던 것이 떠오른 순간, 이토 겐지가 덧붙였다.

"그리고 대일본 제국의 자존심도 함께 무너졌습니다."

'너무… 오버 아닌가?'

평소 엔도 코타로는 이토 겐지를 무척 존경했다.

그렇지만 이번에는 너무 오버한다는 생각이 들었을 때였다.

"그래서 마음이 자꾸 조급해집니다."

"왜……?"

"대일본 제국이 위험하니까요."

엔도 코타로는 영문을 모르겠다는 표정을 짓고 있었다.

그렇지만 이토 겐지는 더 자세히 설명하지 않았다.

'어차피 설명해도 모를 테니까.'

오직 회귀자만이 이해할 수 있는 이야기.

그래서 속내를 터놓고 대화할 상대가 없어 문득 외롭다는 생각을 하던 이토 겐지가 다시 표정을 굳혔다.

방콕 아시안 게임 남자 샤브르 종목 단체전에 출전했던 서진우를 발견했을 때, 이토 겐지는 무척 당혹스러웠다.

예상치 못했던 행보였기 때문이었다.

그리고 일본 대표 팀의 에이스인 야무라 켄지를 말 그대로 압도하면서 금메달을 획득하고 기뻐하는 서진우의 모습을 지켜본 후에는 위기감을 느꼈다.

서진우에게 압도적인 패배를 당하고 멘탈이 나가서 무릎을 꿇고 주저앉아서 눈물을 쏟아 내던 야무라 켄지의 모습과 점점 퇴보하던 미래의 일본의 모습이 겹쳐졌기 때문이었다.

"한국 최고의 인재들이 모이는 한국대학교 법학과에 재학 중이고, '텔 미 에브리씽'과 '살인의 기억' 같은 흥행 영화들을 제작한 레볼루션 필름의 대표, 그리고 게임 회사와 투자 배급사, 그리고 배용진과 전우상, 신은하가 소속되어 있는 연예 기획사 '블루윈드'의 최대 주주."

서진우가 현재까지 쌓아 온 이력들을 이토 겐지가 나직하게 읊조렸다.

대학교 재학생이 쌓은 것이라고는 믿기지 않을 정도로 엄청난 이력들.

그렇지만 이토 겐지는 놀라지 않았다.

서진우가 회귀자이기 때문에 이런 엄청난 이력들을 쌓을 수 있었다는 사실을 잘 알고 있어서였다.

"핵심은… 문화야!"

잠시 후 이토 겐지가 두 눈을 빛냈다.

과거의 행보는 미래 행보를 예측하는 데 있어서 가장 좋은 단서.

그래서 회귀자인 서진우가 쌓은 이력을 통해서 그가 문화에 집중하고 있다는 사실을 간파했기 때문이었다.

"문화를 지배하는 자가 세상을 지배한다."

이토 겐지 역시 문화의 중요성에 대해서는 잘 알고 있었다.

그래서 히트 뮤직을 앞세워 한류 열풍의 시발점이 되는 조보안의 성공을 막으려는 시도를 했던 것이었고.

하지만 아쉽게도 그 시도는 실패로 돌아갔다.

서진우가 중간에 끼어들어 방해했기 때문이었다.

"문화의 중요성에 대해서… 잘 알고 있어."

지금까지 서진우의 행보를 살펴보면 그 역시 문화의 중요성에 대해서 잘 알고 있다는 확신이 들었다.

그리고 서진우의 이력 가운데 가장 신경이 쓰이는 것은 그가 연예 기획사 '블루윈드'의 최대 주주라는 점이었다.

배용진과 전우상, 신은하 등등.

장차 일본에 한류 열풍을 일으킬 한국 연예인들이 모두 속해 있는 '블루윈드'의 배후에 서진우가 있다는 것.

그가 한류 열풍이 곧 시작될 것을 알고 있기에 일찌감치 준비를 해 왔다는 뜻이었다.

그리고 한류 열풍은 단순한 현상이 아니었다.

한국 문화가 일본으로 침투해 일본인들의 정신과 사상까지 뒤흔들었던 일대 사건이었다.

말 그대로 문화 침공.

"무조건 막아야지."

이토 겐지가 각오를 다지며 한류 열풍을 막을 수 있는 방법에 대해서 고민하기 시작했다.

*   *   *

— 페널티가 해제됐습니다.

내 눈앞에 생소한 문구가 떠오른 것은 아시안 게임에서 금메달을 획득한 기념으로 가족들과 함께 외식을 하고 있을 때였다.

'드디어… 해제됐구나!'

페널티가 해제됐다는 소식을 접한 순간 기쁨을 주체하기 힘들었다.

아시안 게임에 출전해서 금메달을 획득했을 때보다 훨씬 더 기뻤다.

그래서 환하게 웃고 있을 때, 누나인 서주연이 질문했다.

"야! 밥 먹다 말고 왜 멍하니 웃고 있어?"

"응?"

"그렇게 좋아?"

"응, 좋아."

페널티가 해제된 것이 기쁜 것은 사실.

그래서 솔직하게 좋다고 대답하자, 누나가 다시 말했다.

"하긴 평생 연금을 받게 됐으니까 좋겠지. 진짜 부럽다."

누나는 내가 기뻐하는 이유가 아시안 게임에서 금메달을 획득했기 때문이라고 단단히 착각하고 있었다.

그리고 내가 아시안 게임 금메달리스트가 된 덕분에 평생 연금을 수령하게 되는 것을 부러워했다.

하지만 난 이미 부자.

내 입장에서 매달 나오는 연금은 말 그대로 용돈 수준이었다.

다만 누나는 그런 사실을 꿈에도 모르기 때문에 이렇게 부러워하는 것이었다.

'너무… 무심했네.'

다른 가족들과 달리 그동안 누나에게만 너무 무심했다는 생각이 들어서 내가 잠시 망설이다가 말했다.

"누나!"

"왜 그렇게 느끼한 목소리로 불러? 사람 불안하게끔."

"누나는 꿈이 뭐야?"

"꿈?"

갑작스러운 질문이어서일까?

누나는 바로 대답하지 못하고 한참을 망설인 끝에 대답을 꺼냈다.

"음, 카페를 운영해 보고 싶어."

그리고 누나가 카페 주인이 꿈이라는 대답을 꺼내자마자 엄마의 등짝 스매싱이 날아들었다.

쫘악.

"아파! 왜 때려?"

불의의 기습을 당한 누나가 억울한 표정을 지었다.

"없는 살림에 기껏 대학까지 보내 놨더니 취직할 생각은 안 하고 카페를 하고 싶다고? 그게 가당키나 한 소리야?"

"카페가 어때서? 그리고 요새 대학 졸업해 봐야 취업도 안 되거든. 차라리 카페를 하나 차리는 게 더 나을 수도 있어."

"낫긴 뭐가 나아?"

"에이, 먹을 땐 개도 안 건드리는 법인데. 밥 먹다가 이러는 법이 어딨어?"

"시끄러. 한 번만 더 카페 한다는 소리 하면……."

누나와 엄마의 설전을 한 귀로 듣고 한 귀로 흘리던 내가 떠올린 것.

훗날 대한민국 거리를 잠식하다시피 했던 커피 전문점들이었다.

'되네.'

한 집 건너 커피 전문점이 있다는 말처럼 거리를 가득 채우고 있던 커피 전문점들의 모습을 떠올렸던 내 입가로 미소가 번졌다.

페널티가 해제된 덕분에 다시 미래 지식을 활용할 수 있게 됐다는 것을 막 확인한 참이었기 때문이었다.

"서진우, 너 누나가 엄마한테 공격당하고 있는데 의리 없이 웃어?"

엄마의 공격을 필사적으로 피하던 누나가 쌍심지를 켜고 물었다.

그런 누나에게 내가 말했다.

"별다방 하면 괜찮을 것 같아."

수많은 프랜차이즈 커피 전문점들 가운데서도 매출과 인지도가 가장 높았던 것이 바로 스타박스였다.

특히 젊은 여성 고객들의 사랑을 듬뿍 받았던 스타박스의 애칭이 바로 별다방.

그래서 누나가 별다방을 하면 괜찮을 것 같다는 생각이 들어서 말을 마치기 무섭게 누나가 소리쳤다.

"야, 누가 다방 하고 싶다 그랬어? 난 카페가 하고 싶다고 했던 거야."

"응, 알아."

"그런데 왜 별다방을 하면 괜찮을 거라고 한 건데?"

'벌다방 아니라 별다방이거든.'

이렇게 정정해 주려다가 그냥 넘어갔다.

별다방에 대해서 설명하기가 무척 난감했기 때문이었다.

'보자… 내년쯤이었던 것 같은데.'

훗날 대한민국 전국 요충지에 매장을 열었던 스타박스는 아직 국내에 들어오지 않은 상태였다. 그리고 내 기억이 맞다면 스타박스 1호점이 입점한 것은 1999년, 그러니까 내년이었다.

'이화대학교 앞이었어.'

국내에 상륙했던 스타박스 1호점의 위치까지 떠올리는 데 성공한 내가 누나에게 물었다.

"어학연수, 관심 있어?"

그 질문을 들은 누나가 반색했다.

"진심으로 하는 말이야?"

"물론 진심이지."

"돈이 어디서 나서?"

"누나의 찬란한 미래를 위해서 내가 투자할게."

"네가 돈이 어디 있어서 투자를 한다는 거야?"

"누나 동생이 방콕 아시안 게임 금메달리스트라는 것, 벌써 잊었어?"

"……?"

"연금 받잖아."

"그 말은… 아시안 게임에서 금메달 따서 수령하는 연금으로 어학연수를 보내 주겠다는 뜻이야?"

"응."

"그래도 돼?"

"안 될 건 또 뭐야."

"미안해서 그러지."

"미안할 것 없어. 갈 거야? 말 거야?"

누나는 내 질문에 바로 대답하지 않았다.

대신 아버지를 바라보며 물었다.

"아빠, 그래도 돼?"

"어학연수 보내 주겠다는 건 진우인데 왜 아빠한테 물어?"

"그래도……."

"가도 돼."

"정말… 이야?"

"아빠는 진우를 믿는다. 진우가 아무 이유 없이 네게 어학 연수를 제안했을 리가 없어. 그러니까 가도 돼."

'이제 내가 팥으로 메주를 쑨다고 해도 믿으시겠네.'

아버지의 절대적인 신뢰를 확인한 내가 희미한 웃음을 머금었을 때, 누나가 외마디 비명을 내질렀다.

"꺄아아, 너무 좋아!"

그리고 누나는 현명했다.

행여나 내 맘이 변할까 두려운 듯 서두르기 시작했다.

"어학연수 어디로 보내 줄 거야? 필리핀? 베트남? 호주?"

"미국."

내가 어학연수의 행선지를 미국이라고 밝히자, 누나는 더 감격한 표정이었다.

"동생 잘 둔 덕분에 나 뉴요커가 되는 거야?"

김칫국을 잔뜩 마시고 있는 누나에게 내가 말했다.

"뉴욕이라고는 안 했어."

"응?"

"시애틀로 가."

"시애틀? 왜 하필 시애틀이야?"

'스타벅스 1호점이 거기 있거든.'

내가 누나에게 어학연수를 제안한 이유는 크게 둘.

일단 영어를 구사할 줄 알면 여러모로 유리한 것이 첫 번째 이유.

또 하나는 스타박스의 존재를 알려 주기 위함이었다.

'세계적 커피 체인점인 스타박스 1호점이 시애틀에 있다고 했지.'

내가 기억을 더듬은 후 입을 뗐다.

"아까 카페를 운영해 보고 싶다고 했잖아?"

"그거랑 시애틀에서 어학연수를 하는 것 사이에 무슨 상관이 있는데?"

"시애틀에 예쁘고 좋은 카페들이 많대."

"그래?"

"미국에 유학을 다녀왔거나 여행을 가 봤던 친구들 말로는 스타박스 커피가 그렇게 맛있다고 하더라고. 그리고 스타박스 1호점이 바로 시애틀에 있어."

"스타박스? 어, 나도 몇 번 들어 봤던 것 같은데."

"시애틀로 어학연수 간 김에 스타박스 1호점에 들러서 커피 실컷 마시고 와."

뉴요커가 되는 것에 대한 미련이 아직 남아서일까.

누나는 살짝 불만인 기색이었다.

그러나 난 누나의 불만이 금세 사라지게 만들 방법 정도는 알고 있었다.

"시애틀 아니면 어학연수 이야기는 없던 걸로 할 거야."

그리고 내 말에 대한 반응은 확실했다.

"갈게. 가면 되잖아!"

＊　　　　＊　　　　＊

"저 왔습니다."

오랜만에 SB컴퍼니로 찾아간 내 앞으로 커다란 꽃다발이 내밀어졌다.

"부대표님, 금메달 따신 것 축하해요."

신세연이 축하 인사와 함께 건넨 꽃다발을 받으며 내가 화답했다.

"축하해 주셔서 고맙습니다."

"당연한 거죠."

"꽃다발 예쁘네요. 역시 신세연 씨는 안목이 뛰어나네요."

내가 칭찬한 순간, 신세연이 말했다.

"산 것 아니에요."

"네? 그럼요?"

"부대표님이 방문하실 거란 이야기 듣고 제가 만들었어요."

"이걸 신세연 씨가 직접 만들었다고요?"

"네, 얼마 전에 플로리스트 자격증을 취득했거든요. 기왕이면 정성이 담긴 꽃다발을 드리는 것이 더 의미가 있을 것 같아서 준비했어요."

"그럼 특별한 꽃다발이네요. 잘 간직하겠습니다."

쑥스러워서일까.

신세연이 서둘러 화제를 전환했다.

"처음에 부대표님이 펜싱 국가 대표로 아시안 게임에 출전했다는 것을 알고 나서 너무 놀라서 기절할 뻔했어요."

"서프라이즈이긴 했죠?"

"완전 서프라이즈였어요. TV 중계 화면에 부대표님이 등장하는 것을 보면서도 안 믿길 정도였어요."

'놀랄 만하지.'

내가 속으로 생각했을 때 신세연이 덧붙였다.

"저하고 대표님이 완전 열심히 응원했어요."

"감사합니다. 그 응원 덕분에 제가 금메달을 딸 수 있었던 것 같습니다. 참, 그동안 잘 지내셨죠?"

"네, 저는 잘 지냈어요."

"다행이네요. 사실 저는 좀 걱정을 했습니다."

"왜 걱정하신 건데요?"

"신세연 씨가 괴팍한 대표님을 상대하다가 지쳐서 도망가 버린 게 아닐까? 이런 염려가 들었거든요."

"어머, 괜한 걱정 하셨네요. 저는 먼저 떠나라고 등 떠미시기 전에는 절대로 안 떠납니다. SB컴퍼니에 뼈를 묻을 각오거든요."

'역시 취업난이 무섭긴 하구나.'

신세연이 비장한 표정을 지은 채 밝힌 각오를 듣던 내가 떠올린 생각이었다.

IMF 구제 금융 사태가 대한민국 경제에 남긴 상흔은 깊었다.

아주 많은 기업들이 도산했고, 그 기업들에서 근무하던 임직원들이 일자리를 잃었다.

그들은 재취업에 어려움을 겪으며 지금까지도 고통에 신음하고 있는 상황.

신세연도 이렇게 어려운 국내 경기 상황을 알고 있기 때문에 SB컴퍼니에 대한 애사심이 더 고취된 것이리라.

"부대표님, 제가 그렇게 괴팍한 편은 아닙니다."

그때, 백주민의 목소리가 들려왔다.

"잘 지내셨죠?"

오랜만에 다시 백주민과 얼굴을 마주하니 좋았다. 그래서 내가 반갑게 인사를 건네자, 백주민도 환하게 웃으며 대답했다.

"부대표님이 걱정해 주신 덕분에 잘 지냈습니다."

"다행이네요."

"으음, 우선 군대를 두 번 가는 끔찍한 일을 피하게 되신 것에 대해서 축하부터 드려야겠네요."

그 이야기를 들은 내가 쓰게 웃었다.

"금메달 따신 것 축하드려요."

"연금도 나오고 좋겠어요."

"경기하는 모습, 완전 멋있었어요."

방콕 아시안 게임 남자 샤브르 종목 단체전에 출전해서 금메달을 획득한 후, 난 축하 인사를 많이 받았다.

그 축하 인사들의 내용은 거의 대동소이했다.

그런데 백주민이 건넨 축하 인사는 달랐다.

그는 내가 회귀자라는 사실을 알고 있었고, 만약 내가 이번에 출전한 아시안 게임에서 메달을 따지 못해서 군 면제를 받지 못한다면 군대를 두 번 가야 한다는 사실도 알고 있었다.

그래서 다른 사람들과는 조금 다른 특별한 축하 인사를 건넨 것이었다.

"그 끔찍한 일을 겪지 않기 위해서 이를 악물고 경기에 임했습니다."

내 대답을 들은 백주민이 웃으며 입을 뗐다.

"만약 제가 같은 입장이었더라도… 죽을 각오로 했을 겁니다. 군대에 두 번 가는 것만은 피하고 싶었을 테니까요."

"두 번씩이나 갈 만큼 매력적인 곳은 절대 아니죠."

"그럼요."

우리는 웃으며 군대를 주제로 농담을 주고받았다.

하지만 신세연은 함께 웃지 못했다.

"군대를 두 번 가는 끔찍한 일을 피했다는 게 무슨 뜻이에요?"

그리고 영문을 모르겠다는 표정을 지은 채 질문했다.

"신세연 씨는 이해하지 못할 남자들만의 슬픈 이야기입니다."

"네?"

여전히 영문을 모르겠단 표정을 짓고 있는 신세연에게 더 설명하는 대신 내가 황급히 화제를 전환했다.

"참, 그사이 별일 없었습니까?"

"별일… 있었습니다."

"무슨 일이요?"

"투자 수익을 꽤 많이 올렸습니다."

어서 자랑하고 싶어서 입이 근질거리는 듯한 백주민의 반응을 확인한 내가 자리를 권했다.

"앉아서 얘기하시죠."

"네."

"그럼 저는 커피를 준비할게요."

신세연이 커피를 준비하러 탕비실로 향한 사이에 백주민이 노트북을 가지고 와서 통장 잔고를 보여 주었다.

"엄청나네요."

내가 SB컴퍼니 일에 관여하지 않은 기간은 약 1년 남짓.

그 사이 대한민국 경제는 IMF 구제 금융 사태를 겪으며 추락했지만, SB컴퍼니는 대한민국 경제와 함께 추락하지 않았다.

오히려 날개를 달고 비상했다.

1년 사이 잔고가 무려 10배 가까이 늘어나 있었으니까.

"운이 좋았습니다."

백주민은 여느 때와 다름없는 대답을 했다. 그리고 그가 이렇게 투자 수익을 많이 올린 이유가 운이 좋기 때문이 아니라 회귀자이기 때문임을 알고 있지만, 난 굳이 그 점을 지적하지 않았다.

대신 다른 말을 꺼냈다.

"솔직히 말씀드려서 실감이 안 나네요."

"네?"

"통장 잔고에 찍혀 있는 돈 말입니다. 과연 꺼내서 쓸 수 있는 돈이긴 한 건가? 이런 의문이 들 정도입니다."

내 말뜻을 이해한 백주민이 씨익 웃으며 대답했다.

"꺼내서 쓸 수 있는 돈 맞습니다. 제가 벌써 시험해 봤으니까 부대표님께서 걱정하실 필요는 없습니다."

그 대답을 들은 내가 흥미를 느끼며 질문했다.

"어디에 돈을 사용하셨습니까?"

"실은… 호텔을 하나 구입했습니다."

"호텔… 이요?"

"네."

"갑자기 호텔은 왜 구입하신 겁니까?"

"씻고, 잠시나마 눈을 붙일 거처가 필요할 것 같아서 아파트를 좀 알아봤는데… 빨래와 청소를 직접 할 생각을 하니까 벌써 끔찍하더라고요. 그래서 빨래와 청소를 하지 않아도 되는 방법이 없을까를 고민하다가 퍼뜩 호텔을 떠올렸습니다. 마침 괜찮은 호텔이 헐값에 매물로 나왔기에 그냥 질러 버렸습니다."

'플렉스 했네.'

내가 속으로 혀를 내둘렀다.

빨래하고 청소하기 귀찮아서 호텔에서 장기 투숙 하는 사람들은 간혹 존재했다.

그렇지만 아예 호텔을 통째로 구입해 버리는 사람은 드물었다.

이런 백주민의 결정.

말 그대로 플렉스 한 결정이었다.

"저도 한번 해 보고 싶군요."

"네? 뭘 해 보고 싶다는 겁니까?"

"플렉스요."

플렉스는 2020년대에 접어들며 자주 사용되던 신조어.

백주민도 플렉스라는 신조어에 대해서 알고 있는 듯 미소를 머금었을 때였다.

"플렉스가 뭐죠?"

커피를 준비해서 돌아온 신세연이 물었다.

"음, 플렉스는 부동산과 관련된 용어입니다."

대충 둘러댄 내가 백주민을 바라보며 말을 이었다.

"아까 하던 얘기를 계속하면… 건물을 하나 매입하고 싶습니다."

"대한민국에서 부동산만큼 확실한 투자처는 없죠. 마침 요새 부동산 시세가 많이 떨어진 상황이니까 투자하기 더 좋은 시점이긴 하죠."

백주민이 고개를 끄덕인 후 질문했다.

"어디에 위치한 건물을 매입하실 생각입니까?"

"이화대학교 근처 건물입니다."

"이회대학교 근처요?"

이번에는 백주민의 반응이 아까와 달랐다.

고개를 갸웃하던 그가 물었다.

"왜 하필 이화대학교 근처 건물입니까? 시세 차익이 목적이라면 더 괜찮은 곳이 많을 텐데요?"

"제가 커피를 좋아해서요."

"커피… 요?"

"특히 스타박스 커피를 좋아합니다."

내가 덧붙인 이야기를 들은 백주민이 무릎을 탁 쳤다.

'확실히 편하긴 하네.'

일반인들과 대화를 할 때는 신경 써야 할 것도, 조심해야 할 것도 많았다.

그렇지만 회귀자인 백주민과 대화할 때는 달랐다.

서로가 회귀자임을 알고 있는 상황.

그러니 굳이 조심할 필요가 없었다.

그리고 구구절절 설명할 필요가 없다는 것도 장점이었다.

"스타벅스 커피, 저도 좋아합니다. 그런데… 부대표님이 스타벅스 커피를 좋아하시는 것과 이화대학교 앞 건물을 매입하는 것 사이에 연관성이 있습니까?"

"스타벅스 1호점 매장을 이화대학교 앞에 연다는 소문을 들었습니다."

"아!"

백주민에게는 이 정도 설명이면 충분했다.

"그럼 매입하시죠."

그는 더 질문하는 대신 건물을 매입하자는 의견에 동조했다.

하지만 신세연은 달랐다.

"이게… 끝인가요?"

"네?"

"무려 건물을 매입하는 거잖아요. 최소 수억 원이 넘는 건물을 매입하는 결정을 내리는 과정이… 너무 허술한 것 같아서요. 부동산 전문가에게 의견도 구하고, 실사도 해 보고 난후에 결정을 내려야 하는 게 아닐까요?"

그녀는 당황한 기색으로 의견을 제시했다.

"이미 제가 실사도 했고, 부동산 전문가에게 의견도 구했습니다."

"아, 네."

"제가 만났던 부동산 전문가 말로는 향후 부동산 가치는 무조건 오를 거라고 했습니다. 그래서 하는 말인데… 신세연 씨는 그동안 돈 좀 모으셨나요?"

"저… 요?"

"네."

"조금 모으긴 했는데……."

"그럼 부동산 가격이 많이 떨어져 있는 지금 기회를 놓치지 말고 대출받아서 아파트를 구입하세요."

"아파트… 요?"

"기왕이면 강남 쪽이 좋겠네요. 지금 사 두면 절대 후회하지 않으실 겁니다."

내가 신세연에게 알려 준 것은 고급 투자 정보.

그 사실을 잘 알고 있는 백주민은 희미한 미소를 머금고 있었다.

하지만 정작 고급 투자 정보를 들은 신세연은 불안한 표정이었다.

"정말… 지금 대출까지 받아서 아파트를 구입하는 게 옳은 선택일까요?"

"제가 만났던 부동산 전문가의 의견은 그랬습니다. 제 생각도 비슷하고요."

"하지만……."

여전히 불안한 기색을 지우지 못 하는 신세연에게 내가 덧붙였다.

"투자에는 원래 리스크가 따르기 마련입니다."

"……?"

"어떤 선택을 내리는가는 신세연 씨의 몫이란 뜻입니다."

"…네."

만약 마음만 먹는다면, 난 신세연이 아파트를 구입하게 만들 수 있었다.

예를 들어 SB컴퍼니에서 직원 복지 혜택 차원으로 무이자 대출을 해 준다면, 투자에 대한 리스크가 확 줄어드는 탓에 신세연의 부담은 한층 줄어들 터.

그럼 그녀가 이번 기회에 아파트를 구입할 확률이 훨씬 높아지는 것이었다.

하지만 난 그렇게 하는 대신 백주민을 바라보았다.

"대표님, 건의 사항이 하나 더 있습니다."

"말씀하시죠."

"장학 재단을 하나 만들었으면 합니다."

"장학 재단… 이요?"

예상치 못했던 제안이어서일까.

백주민이 당황한 기색으로 되물었다.

"갑자기 왜 장학 재단을 만드시려는 겁니까?"

"그냥이요."

"……?"

"역시 안 믿으시겠죠?"

"네."

백주민에게서 돌아온 대답을 들은 내가 픽 웃은 후 신세연을 바라보았다.

"신세연 씨, 부탁 하나 해도 될까요?"

"네? 네. 말씀하세요."

"시원한 커피가 마시고 싶어서 그런데… 부탁 좀 드려도 될까요?"

"그럼요. 십 분만 기다리세요."

신세연이 인근 카페에서 아이스커피를 테이크아웃해 오기 위해서 사무실을 나갔다. 그리고 사무실에 둘만 남겨진 순간, 백주민의 표정이 심각해졌다.

"신세연 씨를 밖으로 내보내신 걸 보니 중요한 이야기를 하실 모양이네요."

"저희끼리만 할 이야기인 것 같아서 신세연 씨를 내보냈습니다."

"어떤 이야기입니까?"

"최근 들어서 빚을 지고 있다는 생각이 들었습니다."

"빚… 이요?"

"음, 일종의 반칙을 범하고 있는 셈이라고 표현하면 될까요?"

"……?"

"최선을 다해서 살아가고 있는 보통 사람들에 비해 우리는 너무 쉽게 돈을 벌고 성공을 거두고 있으니까요."

회귀자라서 미래 지식을 활용해서 흥행한 영화를 제작하고, 투자에 성공하는 것은 어떤 의미에서는 일종의 반칙이다.

이것이 내가 진짜 하려는 이야기.

그러나 회귀자라는 단어를 빼고 이야기하려니 이야기가 장황해진 것이었다.

"아!"

다행인 것은 백주민이 단숨에 내가 꺼낸 이야기에 담긴 숨은 의미를 간파했다는 점이었다.

"사실 저도 그 점이 항상 마음에 걸리긴 했습니다."

그리고 그는 내 의견에 동조했다.

"그래서 아까 장학 재단을 만들었으면 좋겠다고 말씀드린 겁니다. 빚을 좀 갚고 싶기 때문이죠."

"네."

"SB컴퍼니 수익의 1% 정도를 장학 재단을 만들어서 운용했으면 합니다. 형편이 어려운 학생들이 학업을 이어 나갈 수 있도록 도움을 주는 방식으로요."

수익의 1%라고 하니 적게 느껴질 수도 있지만, 실상은 달랐다.

당장 지난 1년 동안 SB컴퍼니가 거둔 수익만 1000억이 넘었다.

그러니 10억이 넘는 돈을 장학금으로 사용할 수 있는 셈이었다.

"기왕 하시는 김에 더 크게 하시죠."

그때, 백주민이 말했다.

"네?"

"SB컴퍼니 수익의 3% 정도를 장학 재단의 기금으로 운용하시죠."

"그래도 될까요?"

"돈이야 열심히 벌면 되니까요."

백주민은 자신 있는 목소리로 대답했다.

다른 사람이 같은 말은 했다면 허세처럼 느껴졌을 테지만, 백주민은 아니었다.

그리고 내 입장에서는 거절한 이유가 없었다.

"백주민 씨에게 수많은 학생들의 미래가 달려 있습니다."

"네?"

"백주민 씨가 앞으로 투자 수익을 얼마나 올리느냐에 따라서 장학금 혜택을 받을 수 있는 학생들의 수가 달라질 테니까요."

"아, 네."

"그리고 혜택을 받은 학생들이 향후 대한민국의 미래를 바꿀 수도 있습니다."

"그 말씀을 듣고 보니 갑자기 부담이 팍 되네요. 더 열심히 해야겠습니다."

백주민이 각오를 밝힌 후 덧붙였다.

"지금 와서 말씀드리는 거지만… 사실 서진우 씨의 행보가 이해가 가지 않을 때도 있었습니다."

"어떤 경우를 말씀하시는 겁니까?"

"서진우 씨가 'IMF'라는 영화를 제작했던 그랬고, '살인의 기억'이란 영화를 제작해서 한성 연쇄 살인 사건의 진범인 변춘제를 더 이른 시점에 검거하려 했을 때도 잘 이해가 가지 않았습니다. 딱 까놓고 이야기해서 그럴 필요가 없는데 서진우 씨가 자꾸 위험을 무릅쓰는 것이 이해하기 어려웠죠. 그런데 지금은 이해가 갑니다. 그동안 서진우 씨가 어떤 마음가짐으로 살아왔는지 알게 됐으니까요."

"그 편이 당연하다고 생각했습니다."

"당연한 게 아닙니다."

"……?"

"저는 그런 생각조차 하지 못했으니까요."

자책하던 백주민이 덧붙였다.

"그래서 다행이라고 생각합니다."

"뭐가 다행입니까?"

"부대표님을 만난 것이요."

"······?"

"덕분에 재기할 기회를 얻을 수 있었을 뿐만 아니라, 앞으로 어떤 마음가짐으로 살아가야 할지도 알게 됐으니까요. 항상 마음이 무거웠는데… 이제 무거운 마음을 가볍게 할 방법을 찾은 것 같습니다."

"장학 재단을 만드는 것에 동의하신다는 뜻이죠?"

"그렇습니다."

'좀… 미안하네.'

내가 장학 재단을 만들려는 이유.

반칙을 사용하면서 살아가는 것 같기 때문에 생긴 마음의 빚을 갚으려는 것도 있지만, 다른 이유도 존재했다.

— 누적 선행 포인트가 100포인트를 돌파했습니다. 누적 선행 포인트로 페널티를 차감하는 것이 가능합니다.

— 선행 포인트를 활용해서 페널티 기간을 줄일 수 있습니다. 누적 선행 포인트 100포인트를 활용해서 차감할 수 있는 페널티 기간은 1년입니다. 차감하시겠습니까?

페널티를 받고 혼란스러워하던 시기에 내 눈앞에 떠올랐던 메시지들.

덕분에 원래 2년이었던 페널티 기간을 1년으로 줄일 수 있었고, 선행 포인트의 중요성을 깨달을 수도 있었다.

그리고 선행 포인트를 쌓기 위해서 필요한 것은 선행.

이것이 내가 백주민에게 밝히지 않았던 장학 재단을 만들려는 또 하나의 이유였다.

하지만 그 이유까지 백주민에게 밝히지는 않았다.

"그럼 앞으로도 대표님만 믿겠습니다."

"믿음에 부응할 수 있도록 최선을 다하겠습니다."

각오를 다지는 백주민에게 내가 덧붙였다.

"지금까지처럼만 해 주시면 됩니다."

                    *   *   *

SB컴퍼니에서 간단한 회의(?)를 마치고 나온 내가 다음으로 방문한 곳은 투자 배급사 Now&New였다.

무척 오래간만의 방문.

마지막으로 방문했을 때에 비해서 Now&New의 직원들은 부쩍 늘어나 있었다.

익숙한 얼굴보다 생소한 얼굴이 더 많다는 생각을 하고 있을 때, 직원들 중 한 명이 날 알아보았다.

"어, 서진우 선수다!"

"서진우 선수? 운동선수야?"

"방콕 아시안 게임 금메달리스트 서진우, 몰라? 펜싱 선수잖아."

신입 사원들이 펜싱 선수 서진우에 대해서 이야기할 때, 이미 날 알고 있는 기존 직원들이 다가와 인사했다.

"서 이사님, 오셨네요."

"왜 이렇게 오랜만에 오셨어요?"

"서 이사님이 방콕 아시안 게임에 출전하신 것 보고 깜짝 놀랐어요. 금메달 따신 것 축하드려요."

내가 Now&New의 비공식 이사 직함을 갖고 있다는 사실을 뒤늦게 알게 된 신입 사원들이 당황할 때였다.

"서진우 씨!"

내가 방문했다는 소식을 전해 들은 한우택이 대표실 문을 벌컥 열고 뛰어나왔다.

"한 대표님, 오랜만입니다."

"그러니까요. 하마터면 얼굴 잊어버릴 뻔했습니다."

"설마요."

"TV를 통해서 보지 못했으면 정말 얼굴을 잊어먹을 뻔했습니다. 그런데 아시안 게임 금메달이라니. 서진우 씨는 정말… 정체가 뭡니까?"

"대충 알고 계시지 않으십니까?"

"후우."

절레절레 고개를 흔들며 말문이 막힌 한우택에게 내가 서운한 표정으로 물었다.

"오래간만에 찾아왔는데 커피 한잔도 안 주십니까?"

"당연히… 드려야죠. 어서 안으로 들어가시죠."

방콕 아시안 게임이 끝난 지 얼마 흐르지 않은 시점.

그래서 남자 샤브르 종목 단체전 금메달을 획득한 날 알아본 직원들로 인해 사무실 분위기는 술렁이고 있었다.

그것을 확인한 한우택은 날 대표실로 이끌었다.

"많이 보고 싶었습니다."

그리고 대표실로 들어서자마자 많이 보고 싶었다고 고백(?)부터 한 후 덧붙였다.

"그동안 많이 힘들었거든요."

Chapter. 2

"왜 힘드셨습니까?"

"서진우 씨가 안 계셨기 때문입니다."

"……?"

"대체 어떤 영화가 흥행할지 모르겠더라고요."

한우택이 앓는 소리를 하면서 내게 서류를 내밀었다.

"지난 1년간의 실적입니다. 한번 보시죠."

그 서류를 건네받아 살피던 내가 두 눈을 빛냈다.

'망한 작품도… 꽤 있네.'

난 회귀자라서 미래에 어떤 영화가 흥행할지를 거의 알고
있다.

하지만 한우택은 회귀자가 아니었다.

Now&New로 투자 심사가 들어온 작품들의 시나리오와 연출자, 배우 등의 작품 정보만 놓고 흥행 여부를 판단해서 투자를 결정해야 했다.

물론 한우택은 감각과 실력을 갖추고 있다.

내가 괜히 그를 Now&New의 대표 이사 자리에 앉힌 것이 아니다.

그럼에도 불구하고 한우택이 투자를 결정했던 작품들 중에는 흥행에 실패한 작품들도 여럿 있었다.

'이건 어쩔 수 없는 일!'

내가 속으로 생각한 순간, 한우택이 다시 서류를 내밀었다.

"이것도 검토해 주시죠."

"또 무엇입니까?"

"Now&New에서 투자를 검토하고 있는 작품들의 리스트입니다. 이 중에서 흥행할 작품들을 좀 알려 주시죠."

'내가… 점쟁이처럼 보였겠지.'

그 이야기를 들은 내가 쓴웃음을 머금었다.

내가 제작했던 영화들은 모두 크게 성공을 거두었었다.

게다가 신생 투자 배급사인 Now&New가 초반에 확실하게 자리를 잡게 만들기 위해서 난 흥행에 성공할 영화들을 콕 집어서 알려 주었다.

그러니 한우택 입장에서는 내가 어떤 영화가 흥행할지 훤히 꿰뚫고 있는 점쟁이처럼 느껴졌을 것이었다.

그래서 지금 내게 투자 검토 작품 리스트 중에서 흥행할 작품을 알려 달라는 부탁을 하고 있는 것이었고.

'너무… 겁이 없었네.'

한우택에게서 건네받은 서류에 시선을 던진 채 내가 속으로 생각했다.

말 그대로 당시에는 너무 겁이 없었다. 그리고 겁이 없었던 이유는 이 정도는 괜찮겠지 하는 막연한 생각을 갖고 있었기 때문이었다.

하지만 지금은 생각이 달라졌다.

그 이유는 한 차례 페널티를 받았기 때문이었다.

페널티의 정체는 미래 지식을 활용할 수 없는 것.

그게 얼마나 불편하고 치명적인 페널티인지를 알게 된 지금은 매사에 조심하지 않을 수 없었다.

'모르는 영화가 몇 편 있네.'

잠시 후 내가 두 눈을 빛냈다.

미래에 흥행할 작품들을 대부분 알고 있는 내가 알지 못하는 제목들의 영화가 몇 편 있다는 것의 의미는 Now&New에서 투자를 검토하고 있는 작품들 중 몇 편은 흥행에 실패한다는 뜻이었다.

"이대로 진행하시죠."

하지만 난 그 작품들에 대해서 언급하지 않았다.

대신 지금 이대로 계속 진행하란 이야기를 꺼내자 한우택이 두 눈을 반짝반짝 빛내며 질문했다.

"그 말씀은 이 리스트에 올라 있는 작품들이 모두 흥행에 성공한다는 뜻입니까?"

그 질문을 받은 내가 대답했다.

"한 대표님, 저는 점쟁이가 아닙니다."

"……?"

"어떤 영화가 흥행할지는 저도 모른다는 뜻입니다."

"하지만… 서진우 씨는 감이 뛰어나지 않습니까?"

"감 떨어진 지 오래입니다."

"네?"

"그러니까 그냥……."

그냥 진행하라고 다시 말하려던 내가 도중에 입을 다물었다.

'왜… 없지?'

아까 한우택에게서 건네받았던 작품 리스트 가운데 '치명적인 그녀'가 보이지 않는다는 사실을 뒤늦게 알아챘기 때문이었다.

"한 대표님, '치명적인 그녀'는 왜 **빠졌**습니까?"

"아, 그 작품이요. 미리 말씀드린다는 걸 제가 경황이 없어서 깜박했네요. 저희가 '치명적인 그녀'의 투자와 배급을 맡는 것은 힘들 것 같습니다."

"이유는요?"

"경쟁이 너무 치열해서입니다."

"……?"

"서진우 씨가 누구보다 잘 알고 있겠지만, 유니버스 필름과 레볼루션 필름이 공동 제작 했던 작품들은 모두 흥행에 성공 했지 않았습니까? 작품성 측면에서도 아주 좋은 평가를 받았고요. 그래서 두 제작사에서 함께 제작하는 네 번째 작품인 '치명적인 그녀' 역시 흥행에 성공할 거란 확신을 가진 메이저 투배사들이 앞다투어 뛰어들었습니다. 그리고 기존 조건들보다 훨씬 좋은 조건을 제시하면서 접근했습니다. 그래서 저희는 눈물을 머금고 포기했습니다."

'이런 문제가 생길지는 예상 못 했네.'

잘나가도 문제란 말이 바로 이것이었다.

'이현주 대표를 한번 만나 봐야겠네.'

내가 속으로 생각하며 말했다.

"일단 이대로 진행하시죠."

'이 정도면 손해는 안 봐. 오히려 확실히 수익이 날 거야.'

한우택은 확실히 실력이 있는 편이었다.

Now&New에서 투자하는 작품들 중 비록 몇 편의 작품은 흥행에 실패하겠지만, 크게 흥행하는 작품들도 여럿 포함돼 있었다.

그런 만큼 수익을 올릴 가능성이 높았다.

거기까지 계산을 마친 내가 다시 입을 뗐다.

"그리고 한 가지 드리고 싶은 제안이 있습니다."

"어떤 제안입니까?"

"흥행 여부와 별개로 사회의 구조적인 문제를 주제로 다룬 작품들을 Now&New에서 투자했으면 합니다."

내 제안을 들은 한우택이 난색을 표했다.

"그런 주제의 영화는 흥행이 어렵습니다."

"저도 알고 있습니다. 그래서 아까 흥행 여부와 별개로 투자했으면 한다고 말씀드렸던 겁니다."

"하지만……."

한우택이 마뜩잖은 표정을 짓고 있는 이유는 능히 짐작이 가능했다.

그는 Now&New의 대표.

수십 명의 직원들, 그리고 그들의 가족까지 감안하면 수백 명의 생계를 책임지고 있는 입장이었다.

그런 그의 입장에서 가장 중요한 것은 Now&New에서 투자한 작품들이 흥행에 성공해서 수익을 거두는 것이었다.

그런데 내가 흥행에 성공할 가능성이 낮은 영화들에 투자하자고 제안하니 내키지 않는 것이리라.

"그럼 이렇게 하시죠."

"어떻게 말입니까?"

"Now&New에서 '치명적인 그녀'의 투자와 배급을 맡을 수 있도록 만들겠습니다."

페널티가 해제된 지금은 확실히 기억이 났다.

'치명적인 그녀'가 메가 히트작이 된다는 것을.

그리고 '치명적인 그녀' 한 편의 투자와 배급을 맡으면 몇 작품 투자에 실패하더라도 더 많은 수익을 거둘 수 있다는 것을.

내 이야기를 들은 한우택이 흥미를 드러냈다.

"저도 '치명적인 그녀'라는 작품의 원작 소설을 읽었습니다. 그래서 원작 소설이 재밌다는 것을 알고 있습니다. 게다가 레볼루션 필름과 유니버설 필름이 공동 제작 하는 작품이라서 흥행이 될 가능성이 높다는 것 정도는 잘 알고 있지만… 진짜 흥행작이 될까요?"

"분명히 터집니다."

"그걸 서진우 씨는 어떻게 확신하시는 겁니까?"

"감 떨어지기 전이었거든요."

"네?"

"'치명적인 그녀'라는 작품을 제작하기로 결정을 내렸던 것이 제 감이 떨어지기 전이었다는 뜻입니다."

"아!"

"장담컨대 '살인의 기억' 못지않을 겁니다."

'살인의 기억'이 흥행과 작품성, 양 측면에서 모두 대박이 났다는 사실을 한우택은 잘 알고 있었다.

그런데 '치명적인 그녀'가 '살인의 기억' 못지않은 메가 히트작이 될 거라고 장담하자, 한우택은 몸이 바짝 달아오른 듯 자세를 고쳐 앉았다.

"그 대신 사회 문제를 주제로 다루는 작품들에 Now&New에서 투자를 하자는 말씀이시죠?"

"맞습니다."

"서진우 씨의 장담처럼 '치명적인 그녀'가 '살인의 기억' 못지않은 흥행작이 된다면 흥행 실패를 감수하고 일 년에 서너 작품 정도는 투자할 수 있을 것 같습니다."

마침내 원하던 대답을 얻어 내는 데 성공한 내가 환하게 웃을 때, 한우택이 질문했다.

"그런데 서진우 씨가 사회 문제를 주제로 다루는 작품들에 이렇게 신경을 기울이는 특별한 이유가 있습니까?"

"그건 영화에 대해서 제가 갖고 있는 신념 때문입니다."

"신념… 이요?"

"상업 영화는 흥행이 가장 중요하지만, 흥행만큼 메시지를 전달하는 역할도 중요하다는 신념이요."

한우택이 이런 질문을 던질 것을 예상했기에 미리 준비해 온 대답을 꺼낸 후 내가 속으로 진짜 이유를 밝혔다.

'진짜 이유는… 내가 못 하기 때문입니다.'

대략 1년 전.

내가 페널티를 받았던 시기였다.

― 변종 회귀자가 세상의 균형을 해칠 수 있을 정도로 지나친 간섭 행위를 한 탓에 경고와 페널티를 받습니다. 당신은 세상의 균형을 해치기에 충분한 지나친 간섭 행위를 했습니다. 그로 인해 페널티가 주어집니다.

당시 내 눈앞에 떠올랐던 메시지의 내용.

그리고 불만을 품기에 충분할 정도로 메시지는 불친절했다.

정확히 어떤 일이 세상의 균형을 해칠 수 있을 정도로 지나친 간섭 행위인지를 알려 주지 않았기 때문이었다.

직접 답을 찾는 것 외엔 다른 방법이 없는 상황.

그래서 답을 찾기 위해서 고민을 거듭했고, 내가 찾아냈던 답은 한성 연쇄 살인 사건이었다.

원래라면 20년 가까이 더 흐른 시점에야 한성 연쇄 살인 사건의 진범인 변춘제가 검거됐다.

그런데 내가 끼어들면서 변춘제는 원래보다 훨씬 더 이른 시점에 검거됐다.

그 과정에서 원래라면 변춘제에 의해서 희생됐어야 할 희생자들이 살아남게 되는 결과가 초래됐고.

이 정도면 충분히 세상의 균형을 해칠 수 있을 정도의 지나친 간섭 행위.

그래서 내가 페널티를 부여받았던 것이라는 결론을 내

렸다.

그리고 이미 한 차례 페널티를 부여받은 경험이 있는 터라, 또 한 번 페널티를 부여받는 것은 극구 사양하고 싶었다.

그래서 고민 끝에 내가 찾아낸 답.

직접 관여하는 대신 간접적으로 관여하는 것이었다.

그 방법 중 하나가 Now&New에서 흥행 가능성이 낮은 사회 문제를 주제로 다룬 영화들에 투자하게 만드는 것이었다.

그 영화들이 개봉하는 시기만 앞당기면, 최소한 경고 메시지 정도는 줄 수 있을 테니까.

어쨌든 한우택을 만나고 나서 또 하나의 숙제가 생겼다.

바로 '치명적인 그녀'의 투자와 배급을 Now&New에서 맡을 수 있도록 만드는 것이었다.

*   *   *

"서 대표, 어서 와. 그리고 많이 늦었지만 금메달 딴 것 축하해."

유니버스 필름에서 이현주 대표를 만났다.

약 1년 전 마지막으로 찾아왔을 때와 전혀 달라진 것이 없는 사무실 내부를 둘러보며 내가 말했다.

"별로 안 놀라시네요."

"뭐가?"

"제가 방콕 아시안 게임에서 금메달을 따고 돌아왔는데 딱히 놀라시는 기색이 아니라서요."

"많이 놀랐거든. 다만……."

"다만 뭡니까?"

"이제 어느 정도 면역이 생긴 거지."

"……?"

"그동안 서 대표가 날 워낙 여러 차례 놀라게 했었잖아. 그리고 서 대표가 금메달을 딴 후로 시간도 꽤 흘렀고."

"네."

"처음에는 서 대표가 금메달을 딴 것을 확인하고 깜짝 놀랐었는데… 지금은 위기감을 느끼고 있어."

"왜 위기감을 느끼신 겁니까?"

"이러다가 내 밥줄이 끊어질지도 모르겠단 생각이 들어서."

이현주 대표는 잠시 숨을 고른 후 다시 말을 이어 갔다.

"고등학교 2학년 때까지는 전교에서 하위권을 전전하다가 고등학교 3학년이 된 후에 갑자기 성적이 급상승해서 수학 능력 시험에서 유일하게 만점을 받고 한국대학교 법학과에 입학한 서진우라는 학생이 있어. 그 학생은 갑자기 영화 제작자로 변신해서 흥행작을 잇따라 배출하기 시작해. 게다가 대체 무슨 수를 썼는지는 몰라도 국내 최대 연예 기획사인 '블루윈드'의 최대 지분 보유자가 되기도 하지. 그 외에도 몇 가지 대단한 이력이 더 있지만 그건 일단 넘어가자고. 그러던 어느 날 갑자기 영화 제작에서 손을 떼겠다고 해서 한국대학교 법학과 재학생답게 이제 드디어 사법고시를 준비하는가 했는데 어느 날 신문에서 서진우가 펜싱 국가 대표로 발탁돼서 아시안 게임에 출전한다는 기사가 난 걸 확인했어. 혹시 동명이인인가 했는데 그게 아니더라고. 그리고 서진우는 아시안 게임에 출전하기만 했던 게 아냐. 금메달을 획득하고 금의환향했으니까. 여기서 주목해야 할 점은 서진우가 재학 중인 한국대학교에는 펜싱부 자체가 없다는 거야."

'요약 아주 잘했네.'

내가 쓴웃음을 머금었다.

최고의 영화 제작자답게 이현주의 요약 솜씨가 무척 뛰어났기 때문이었다.

하지만 아직 그녀의 이야기는 끝이 아니었다.

"아직 끝이 아니야. 더 놀라운 건 따로 있으니까. 그게 뭐냐면 이 모든 것이 불과 3년도 안 되는 짧은 시간 사이에 이뤄졌다는 거야. 만약 이 이야기를 토대로 시나리오를 써서 영화를 만들면 관객들의 반응이 어떨지 알아?"

"어떤 반응이 돌아옵니까?"

"현실성도, 개연성도 없다고 욕먹어. 판타지냐고 비아냥을 듣고도 남겠지."

'그럴 수도 있겠네.'

이현주 대표의 이야기가 일리가 있다는 생각을 했을 때

였다.

"문제는 이게 판타지가 아니라는 거야. 내가 곁에서 그 모든 과정을 똑똑히 지켜봤으니까. 한마디로 영화보다 더 영화 같은 인생 스토리지. 그리고 영화인 입장에서 가장 무서운 게 뭔지 알아?"

"무엇입니까?"

"영화가 현실을 이기지 못할 때야. 그래서 이러다가 내 밥줄이 끊길지도 모르겠다는 위기감을 느꼈던 거고."

"그것 때문이면 걱정하지 않으셔도 될 것 같은데요."

"응?"

"한우택 대표님 말로는 요새 이현주 대표님 주가가 최고가라고 하던데요. 메이저 투배사에서 이 대표님 작품에 서로 투자하고 싶어서 경쟁이 붙었다고도 말씀하셨고요."

"서 대표, 입은 삐뚤어져도 말은 바로 하자."

"……?"

"내 주가가 최고가인 게 아니라 우리 주가가 최고가인 거지. 다만 서 대표는 베일에 가려져 있는 상황이라서 딱히 연락할 방법이 없으니까 나만 전면에 드러난 거야."

"그래서요?"

"응?"

"이제 결정을 내리신 겁니까?"

"무슨 결정?"

"'치명적인 그녀' 말입니다. 어느 투배사와 손을 잡고 제작을 할지 결정을 내리셨냐고 물은 겁니다."

"당연히… 아직 결정 안 했지."

"왜요?"

"공동 제작자인 서 대표와 논의하는 과정이 남았으니까."

'그때… 공동 제작 하자는 이현주 대표의 제안을 못 이긴 척 받아들이길 잘했네.'

너무 늦지 않았다는 사실에 내가 안도했을 때, 이현주가 말했다.

"일단 내 마음은 빅박스 쪽으로 기울었어."

"왜 빅박스 쪽으로 마음이 기우신 겁니까?"

"조건이 가장 좋거든. 아, 정정할게. 제시한 조건만 놓고 보면 리온 엔터테인먼트와 빅박스가 거의 같은 조건을 내걸었어. 그런데 왜 리온 엔터테인먼트가 아니라 빅박스 쪽으로 마음이 기울었느냐? 서 대표는 이게 궁금하겠지?"

"네."

"리온 엔터테인먼트는 믿음이 안 갔거든."

이현주의 이야기를 듣다 보니 자연스레 한 사람의 얼굴과 이름이 떠올랐다.

'리온 엔터테인먼트 투자 팀장 박중배.'

이미 그는 한 차례 이현주 대표와 내 뒤통수를 친 적이 있었다.

원래 한 번 배신한 사람은 두 번도 배신할 수 있는 법.

그래서 이현주는 리온 엔터테인먼트에 더 이상 믿음이 안 간다고 말한 것이었다.

이것이 같은 조건을 제시했음에도 불구하고 리온 엔터테인먼트가 아니라 빅박스 쪽으로 그녀의 마음이 기울어진 이유.

"서 대표는 어때? 서 대표도 리온 엔터테인먼트는 별로지?"

"네."

"솔직한 심정은 '살인의 기억' 때처럼 이번에도 Now&New와 같이 손잡고 제작하고 싶었어. 내가 서 대표와 Now&New의 관계를 모르는 것도 아니고. 그런데도 빅박스 쪽으로 마음이 기운 이유는… 제시한 조건 차이가 너무 크기 때문이야."

"당연한 겁니다."

"응?"

"공과 사는 구분해야죠."

"서 대표가 그렇게 말해 주니까 마음이 좀 편해지네."

마음이 편해져서일까.

배시시 웃는 이현주 대표에게 내가 물었다.

"빅박스에서 제시했다는 세부 조건을 들어 볼 수 있을까요?"

"크게 두 가지가 핵심이라고 할 수 있어. 전권, 그리고 7 대 3의 수익 배분 비율."

이현주의 대답을 들은 내가 고개를 갸웃했다.

제작 과정에서 제작사에 전권을 주는 것.

드물긴 하지만, 가끔씩 벌어지는 케이스였다.

제작자에 대한 신뢰가 확실한 경우 전권을 부여하니까.

게다가 7 대 3의 수익 배분 비율도 특별할 것이 없었다.

투자 배급사가 7, 영화 제작사가 3의 수익을 가져가는 것은 일반적인 계약 조건이었기 때문이었다.

'그런데 이현주 대표는 왜 빅박스 측에서 제시했던 조건이 좋다고 말한 거지?'

그로 인해 내가 의문을 품었을 때였다.

"특별히 좋은 조건도 아니잖아? 서 대표는 지금 이렇게 생각하는 거지?"

내 반응을 유심히 살피던 이현주 대표가 물었다.

"방금 이 대표님이 말씀하신 것만 놓고 보면 특별히 좋은 조건인지 모르겠습니다."

"내가 실수한 것 같네. 처음부터 이렇게 설명했어야 했는데. 수익 배분 비율 말이야. 7 대 3이 아니라 3 대 7이야."

"……?"

"투자 배급사가 3, 영화 제작사가 7의 수익을 가져가는 조건을 제시했어."

'어?'

이현주 대표의 말이 옳았다.

빅박스에서는 파격적이라고 해도 과언이 아닐 정도로 엄청나게 좋은 조건을 제시했다.

그로 인해 내가 당혹스러움을 느꼈을 때, 이현주 대표가 물었다.

"어때?"

"놀랍네요."

"솔직히 말하면 나도 빅박스 측에서 제시한 조건을 듣고서 깜짝 놀랐어."

"이제 이해가 가네요."

"뭐가?"

"빅박스 쪽으로 이 대표님의 마음이 기우신 것이요."

이현주 대표 입장에서는 절대 거절하기 힘든 좋은 계약 조건.

그리고 내가 Now&New의 지분을 보유하고 있다는 사실을 알면서도 빅박스 쪽으로 마음이 기울어진 이유였다.

그래서 이현주의 입장은 이해가 갔다.

그럼에도 불구하고 난 재차 고개를 갸웃했다.

'왜… 이래?'

이런 파격적인 조건을 제시한 빅박스 측의 입장이 이해가 가지 않아서였다.

'리스크에 비해서… 수익이 너무 적어.'

모든 투자에는 리스크가 따르는 법이다.

영화의 경우 더욱 그렇다.

어느 영화가 흥행할지는 신도 알지 못한다는 말이 괜히 있는 것이 아니었다.

말 그대로 하이 리스크 하이 리턴인 구조.

그런데 이런 식의 조건이라면 빅박스 측은 영화가 흥행에 성공하더라도 거둘 수 있는 수익이 별로 없다.

즉, 하이 리스크 로우 리턴밖에 되지 않는 구조였다.

그걸 빅박스 측이 모를 리 없었다.

그럼에도 불구하고 이런 파격적인 조건을 제시한 이유를 알기 힘들었다.

"빅박스 측에서는 대체 왜 이런 조건을 제시한 걸까요?"

그래서 내가 의문을 품은 채 질문하자 이현주에게서 대답이 돌아왔다.

"확신이 있기 때문이 아닐까?"

"무슨 확신이요?"

"'치명적인 그녀'라는 영화가 흥행에 성공할 거라는 확신 말이야. 지금까지 서 대표와 내가 함께 제작했던 영화들이 계속 좋은 성적을 거두었으니까 이번에도 흥행에 성공할 거란 확신이 있어서 이런 조건을 제시한 것 같아."

'하이 리스크가 아니라… 로우 리스크다?'

아주 일리가 없는 이야기는 아니었다.

그동안 유니버스 필름과 레볼루션 필름이 공동 제작 했던 영화들은 모두 흥행에 성공했고 빅박스 측에서는 지난 작품들의 흥행 성적을 근거로 '치명적인 그녀' 역시 흥행에 실패할 가능성이 낮다고 판단했을 수도 있었다.

그럼에도 불구하고 어딘가 찝찝한 구석이 있다는 생각을 머릿속에서 떨치지 못하고 있을 때였다.

"서 대표, 나 돈 좋아해."

이현주가 다시 입을 뗐다.

"그런데 속물은 아냐. 빅박스 쪽으로 마음이 기운 것, 꼭 돈 때문만은 아니라는 뜻이야. 다른 이유도 있어."

"그 이유가 뭡니까?"

"선례를 만들고 싶어."

"……?"

"영화 제작 일을 하는 선후배와 동료들. 난 그들을 경쟁자가 아니라 동반자라고 생각해. 그래서 그들이 지금보다 좀 더 나은 환경에서 일하고, 어렵게 제작해서 개봉한 작품이 흥행에 성공했을 때 더 많은 돈을 벌었으면 좋겠다는 바람을 갖고 있어. 그리고 어쩌면 이번 계약이 시발점이 될 수 있다고 생각하고 있어."

영화 제작자들이 처해 있는 어려운 상황에 대해서는 내가 누구보다 잘 알고 있다.

지난 생의 내가 성공하지 못한 영화 제작자였기 때문이었다.

영화 제작자로 살면서 많은 어려움들이 있었지만, 가장 힘들었던 점을 꼽자면 크게 두 가지였다.

하나는 영화 제작 과정에서 감 놔라 배 놔라 하는 투자 배급사의 간섭.

나머지 하나는 어렵사리 제작에 성공한 영화가 흥행에 어느 정도 성공하더라도 영화 제작자에게 떨어지는 수익이 적다는 점이었다.

극장과 투자 배급사에서 워낙 많은 수익을 가져가는 구조 때문에 발생하는 현상.

그런데 빅박스 측에서 제시한 조건대로라면 전권을 부여받았으니 투자 배급사의 간섭에서 자유로울 수 있었고, '치명적인 그녀'가 흥행에 성공했을 때 영화 제작자가 이전보다 훨씬 많은 수익을 거둘 수 있었다.

만약 이런 구조가 영화계에 정착될 수만 있다면?

이현주 대표의 주장처럼 향후 영화 제작자들이 일하기에는 훨씬 좋은 환경이 조성되는 셈이었다.

"그럼 이제 남은 건 서 대표 결정뿐이네."

이현주는 내가 빅박스와 손잡고 '치명적인 그녀'를 제작하는 것에 반대하지 않을 거라고 확신하는 표정이었다.

그렇지만 난 대답을 미뤘다.

"조금만 더 고민할 시간을 주세요."

"왜? 설마… 조건이 마음에 안 들어?"

"그건 아닙니다."

"그럼?"

"오히려 빅박스 측에서 제시한 조건이 너무 좋아서 고민이 됩니다."

"……?"

"너무 좋은 기회가 찾아오면 한 번쯤 의심해 보는 게 습관이 돼서요."

*   *   *

카페에서 한우택을 다시 만났다.

"이제… 실감이 나네요."

커피를 한 모금 마신 후 한우택이 싱긋 웃으며 말했다.

"무슨 실감이 난다는 겁니까?"

"서진우 씨가 오랜 방황을 끝내고 복귀했다는 실감이 난다는 뜻입니다."

"……?"

"일 년 넘도록 코빼기도 안 비치던 서진우 씨와 하루 사이에 두 번씩이나 만나게 됐으니까요."

'그동안 마음 많이 상했네.'

한우택의 이야기를 듣던 내가 쓴웃음을 머금었다.

'그럴 만하지.'

잘 다니고 있던 회사를 때려치운 뒤, 신생 투자 배급사인 Now&New의 대표를 맡는 것.

한우택 입장에서는 본인의 인생을 건 모험이었을 터였다.

그런데 그가 모험을 감행하도록 부추겼던 당사자인 내가 그 후로 연락을 딱 끊다시피 했으니 어찌 마음이 상하지 않을 수 있을까.

태어나 처음으로 회사를 운영하는 입장이 된 한우택이 그동안 했을 마음고생이 결코 적지 않았을 거란 생각이 들어서 그에게 미안한 마음이 들었을 때였다.

"이현주 대표는 만나 보셨습니까?"

한우택이 물었다.

"네, 만났습니다."

"뭐라고 하던가요?"

"빅박스 쪽으로 마음이 기울었더군요."

"그럼… 역시 어렵겠네요."

한우택의 낯빛이 살짝 어두워진 순간, 내가 다시 입을 뗐다.

"이상했습니다."

"뭐가 말입니까?"

"이현주 대표를 통해서 전해 들은 빅박스 쪽에서 제시한 계약 조건 말입니다. 이상하다는 생각이 들 정도로 계약 조건이 너무 좋았습니다. 이현주 대표 입장에서는 절대 거절하기 힘들 정도였죠."

"빅박스 쪽에서 제시했다는 조건을 저도 들어 볼 수 있을까요?"

빅박스는 한우택의 전 직장.

그래서 호기심을 감추지 않고 드러내는 한우택에게 알려 주었다.

"제작 과정에서 전권을 주고, 수익 배분 비율을 3 대 7로 했습니다."

"7 대 3이 아니라 3 대 7이요?"

"네."

"수익 배분 비율에서 투배사가 3, 영화 제작사가 7이란 뜻입니까?"

"맞습니다."

"하아! 제 예상을… 훨씬 뛰어넘네요."

빅박스 측에서 '치명적인 그녀'의 투자와 배급을 맡기 위해서 제시한 조건에 대해서 알게 된 한우택은 깜짝 놀란 표정이었다.

그런 그에게 내가 물었다.

"왜 이랬을까요?"

"네?"

"이런 조건이라면 하이 리스크 로우 리턴이 될 것이 뻔한데… 그럼에도 불구하고 빅박스 측에서 이런 파격적인 계약 조건을 제시한 이유로 짐작 가는 것이 있는지 물어본 겁니다."

"확실히… 이상하긴 하네요."

"뭐가 말입니까?"

"제가 빅박스에서 근무해 봐서 압니다. 빅박스 최우종 대표는 무척 신중한 사람입니다. 이 정도로 파격적인 제안을 할 사람이 절대 아닙니다."

"그런데… 파격적인 제안을 했죠."

"그러니까요. 그래서 이상하다고 말한 겁니다."

지금까지 빅박스의 투자 기조는 무척 보수적인 편이었다.

그 이유는 한우택의 말처럼 최우종 대표가 신중한 성격이기 때문이었다.

돌다리도 두드려 보면서 건너는 스타일이랄까.

그래서 이상하다는 내 의견에 한우택도 공감했다.

"확실히 이상하긴 합니다. 아무래도 한번 알아볼 필요가 있을 것 같습니다."

"알아볼 수 있는 방법이 있습니까?"

"빅박스에 저한테 빚을 진 사람이 아직 근무하고 있습니다."

"누구를 말씀하시는 겁니까?"

"최귀순 팀장이요. 만나 보고 나서 뭔가 알아내면 연락드리겠습니다."

한우택이 대답을 들은 내가 기회를 놓치지 않고 덧붙였다.

"기왕 알아보는 김에 한 가지만 더 알아봐 주실 수 있습니까?"

＊　　　　＊　　　　＊

'이 영화는… 분명히 망하는데.'

영화의 흥행 여부는 신도 모른다고 하지만, 그래도 어느 정도는 흥행 성적을 점치는 것이 가능한 법이었다.

그리고 이 영화는 무조건 흥행에 실패한다는 확신이 들어서 최귀순이 와락 표정을 일그러뜨린 순간이었다.

"최 팀장."

"네, 이사님."

"표정이 왜 그래?"

정창욱 이사가 올려다보며 물었다.

"그게……."

"우리 사이에 뭘 그렇게 어려워해? 편하게 말해."

"저희 측에서 '그를 죽여라'라는 작품의 투자와 배급을 맡는 것은… 아무래도 좀 아닌 것 같습니다."

"왜 최 팀장 느낌에 망할 것 같아?"

"흥행 여부도 문제지만… 더 걱정되는 것은 시나리오 내용입니다."

"내용 중 어떤 부분?"

"작중 캐릭터인 이형철이 독립군을 지원한다는 내용 말입니다."

"……?"

"매국노이자 친일파라고 널리 알려져 있는 이형철이 독립군을 지원했다는 것은 역사 왜곡입니다. 이 시나리오 내용대로 영화가 제작돼서 개봉하면 친일 논란과 역사 왜곡 논란이 불거질 것이 분명합니다."

최귀순이 심히 우려하고 있는 바를 밝힌 순간, 정창욱 이사가 천천히 고개를 끄덕였다.

"사실 나도 그 점을 우려하고 있어."

"그럼 이사님께서 '그를 죽여라'라는 작품에 투자하는 것을 막아야 하지 않겠습니까?"

"나도 그러고 싶은데… 힘들어."

"왜 힘들다는 겁니까?"

"위에서 지시가 내려왔으니까."

"……?"

"'그를 죽여라'의 투자와 배급을 무조건 맡으래."

"대표님의 의지란 뜻입니까?"

"아니, 그보다 더 위에서 내려온 지시야."

"네?"

"원래 돈줄 쥐고 있는 인간이 더 높은 법이잖아. 그러니까 최 팀장도 나대지 말고 그냥 입 다물고 있어. 괜히 투자하면 안 된다고 반대하다가 밉보이면 최 팀장 모가지도 날아가는 수가 있으니까."

정창욱 이사가 더 할 말 없다는 듯 나가라고 손짓했다.

그 지시를 거스르지 못하고 이사실을 빠져나온 최귀순이 긴 한숨을 토해 냈다.

"아주 막장이 따로 없구만."

자신의 직책은 투자 팀장.

그렇지만 작품에 대한 투자를 결정하는 과정에서 자신의 의견은 철저하게 무시당하고 있었다.

마치 투명 인간 취급을 받는 느낌이랄까.

게다가 회사 대표인 최우종마저 새로운 투자자에게 휘둘리면서 전혀 중심을 못 잡는 것이 빅박스가 현재 처해 있는 적나라한 현실이었다.

지이잉, 지이잉.

그때 전화가 걸려 왔다.

안주머니에서 휴대 전화를 꺼낸 최귀순이 받았다.

"최귀순입니다."

─최 팀장님, 저 한우택입니다.

Now&New 한우택 대표 이사.

불과 얼마 전까지 자신의 부하 직원이었던 한우택은 과감하게 사표를 던지고 퇴사했다.

당시만 해도 그가 무모하고 경솔한 선택을 했다고 여겼는데.

지금은 생각이 바뀌었다.

사표를 내고 회사를 떠났던 한우택은 Now&New라는 신생 투배사의 대표로 취임했다. 그리고 Now&New는 가파르게 성장했다.

기존 메이저 투배사들도 Now&New에게 위기감을 느끼고 있을 정도로.

'그때 따라 나갈걸!'

만약 당시에 퇴사하고 한우택을 따라 나갔다면?

지금쯤 Now&New에서 제대로 자리를 잡았을 것이란 생각이 들어서 최귀순은 아쉬움이 깃들었다.

'좀 더 잘해 줄걸.'

그리고 한우택의 상사였을 때 그에게 더 잘해 주지 못했던 것을 후회하며 최귀순이 재빨리 입을 뗐다.

"한 대표님, 오랜만입니다."

─네, 그동안 잘 지내셨죠?

"그럭저럭 지내고 있습니다."

'잘 못 지냈습니다'라는 말이 목구멍까지 치밀어 올랐던 것을 삼키고 최귀순이 대답했을 때, 한우택이 제안했다.

─언제 밥 한번 같이 드시죠.

"저야 환영이죠."

─언제가 괜찮으세요?

"한 대표님 스케줄만 괜찮으시면 저는 오늘도 괜찮습니다."

─잘됐네요. 그럼 오늘 뵙죠.

한우택과의 짧은 통화를 마친 최귀순의 표정이 비장하게 바뀌었다.

빅박스에는 이미 오만 정이 떨어져 버린 상황.

하지만 이직을 하는 것도 쉽지 않았다.

그래서 이러지도 저러지도 못하고 있었던 상황이었는데.

마침 이 시점에 한우택에게서 연락이 온 것이 마치 운명의 장난처럼 느껴졌다.

"이번 기회를 놓치면 절대 안 된다."

그래서 최귀순이 각오를 다지며 어서 퇴근 시간이 되길 손꼽아 기다리기 시작했다.

*   *   *

'버티는 능력 하나만큼은… 인정해야 해!'

약속 장소인 보쌈집에 먼저 도착해서 최귀순을 기다리고 있던 한우택이 쓴웃음을 머금었다.

한우택이 빅박스 투자 팀에서 근무할 당시 최귀순은 투자 팀장이었다.

당시 한우택은 최귀순을 무척 싫어했다.

메이저 투배사인 빅박스의 투자 팀장직을 맡기에는 너무 무능한 데다가 고집도 셌기 때문이었다.

한우택이 잘 다니고 있던 회사를 관두고 Now&New로 이직하는 결정을 내린 데는 상사인 최귀순을 싫어하는 마음도 한몫했었다.

그렇지만 그 후로 이 년 가까이 시간이 흐른 지금까지도 최귀순은 여전히 빅박스 투자 팀장 자리를 지키고 있었다.

그래서 최귀순의 자리 보존 능력 하나만큼은 인정해야 한다고 생각하고 있을 때, 그가 안으로 들어왔다.

"최 팀장님, 오랜만입니다."

"한 대표님, 먼저 연락 주셔서 감사합니다."

휑한 정수리가 드러나는 것을 전혀 개의치 않고 구십도 가까이 고개를 숙이며 인사하는 최귀순의 모습을 확인한 한우택이 살짝 당황했다.

"왜… 이러십니까?"

"저보다 직급이 높으시니까 당연한 거죠."

"회사가 다른데 직급이 무슨 상관이라고……."

"저는 그렇게 배웠고, 또 그렇게 살아왔습니다."

'태세 전환도 엄청 빠르네.'

한우택이 속으로 혀를 내둘렀다.

한때 본인의 부하 직원이었던 사람에게 먼저 고개를 숙이는 것.

절대 쉬운 일이 아니었다.

그럼에도 불구하고 최귀순은 거리낌 없이 먼저 자신에게

고개를 숙였다.

'이래서 아직까지 버티고 있는 거구나.'

한우택이 내심 감탄하며 자리를 권했다.

"최 팀장님, 앉으세요."

"네, 알겠습니다."

"그동안 어떻게 지내셨습니까?"

"한 대표님 덕분에 잘 지냈습니다. 만약 그때 한 대표님이 도움을 주시지 않았다면 아마 저는 진작에 빅박스를 떠났을 겁니다."

"예전 일이니 신경 쓰지 않으셔도 됩니다."

"그래선 안 되죠. 한 대표님에게 항상 고마워하는 마음을 갖고 살고 있습니다."

"한잔 받으시죠."

"네."

잔을 입에 갖다 댄 후 내려놓으며 최귀순이 말했다.

"저는 한 대표님께서 이렇게 잘되실 거라고 확신했습니다."

"왜 그렇게 확신하셨습니까?"

"원체 능력이 있으셨으니까요."

최귀순의 대답을 들은 한우택이 입을 뗐다.

"이렇게 작품 보는 눈이 없어서 영화 밥 먹고 살 수 있겠어? 더 늦기 전에 다른 일 찾아보는 게 어때?"

"……?"

"최 팀장님이 부하 직원이었던 제게 애정을 가득 담아서 해 주셨던 충고입니다. 기억나십니까?"

"제가… 그런 말을 했을 리가 없습니다."

"저는 분명히 들었습니다."

"그런 말을 했던 기억이 없는데……."

당황한 기색이 역력한 최귀순을 놀리는 재미가 쏠쏠했지만, 한우택은 더 놀리는 대신 화제를 전환했다.

"절 걱정해서 해 주신 충고라고 생각하고 있습니다."

"그렇게 생각해 주시니 감사합니다."

"그리고 제가 오늘 최 팀장님을 뵙길 청한 이유는 옛날이야 기를 하기 위해서가 아닙니다. 하나 여쭤보고 싶은 게 있어서 입니다."

"편하게 물어보십시오."

"요새 빅박스는 어떻습니까?"

"네? 정확히 뭘 말씀하시는 건지……?"

"'치명적인 그녀'라는 작품의 투자와 배급을 맡기 위해서 빅박스 측에서 파격적인 조건을 제시했더군요. 수익 배분 비율이 3 대 7이면 하이 리스크 로우 리턴이 될 것이 자명한 데……."

"그걸 한 대표님께서 어떻게 아시고 계십니까?"

한우택이 빅박스 측에서 제시했던 조건에 대해서 정확히 알고 있는 것에 놀란 걸까.

최귀순은 당혹스러운 표정으로 물었다.

"'살인의 기억'을 공동 제작 했던 레볼루션 필름 서진우 대표와 친분이 있습니다. 그래서 직접 들었습니다."

"그렇군요."

비로소 납득한 표정을 짓는 최귀순에게 한우택이 다시 질문했다.

"최 팀장님이 이런 결정을 내리자고 설득하신 겁니까?"

"그건 아닙니다."

"그럼 누구의 결정입니까?"

"대표님이 내리신 결정입니다."

"최우종 대표님이 내린 결정이다?"

"네."

"하지만 제가 아는 최우종 대표님이라면 이런 과감한 결정을 내릴 리가 없을 텐데요."

"사람은 변하게 마련이니까요."

"……?"

"돈은 사람을 변하게 만드는 법이죠."

"무슨… 뜻입니까?"

"한동안 빅박스 상황이 좋지 않았습니다. 아시다시피 투자했던 작품들이 흥행에 실패하는 경우가 잦았으니까요. 그래서 부도 위기란 이야기가 나올 정도로 회사 재정 상황이 어려웠는데, 그때 구원의 손길이 내밀어졌습니다."

"구원의 손길이 내밀어졌다는 건 무슨 의미입니까?"

"거액의 투자를 유치했습니다."

"아, 네."

"그리고 그 투자자가 현재 빅박스를 좌지우지하고 있습니다."

'이거… 였구나!'

의문이 풀리기 시작하자 한우택이 홍미를 느끼며 자세를 고쳐 앉았을 때였다.

"그래서 요새 직원들의 불만이 팽배해 있는 상황입니다. 저 역시 불만을 갖고 있고요."

"네, 그럴 만한 상황이네요."

"오죽하면 사직서를 던질까 심각하게 고민 중입니다."

"회사를 그만두시겠다고요?"

"네, 새로운 도전을 하고 싶습니다."

최귀순이 돌연 던지는 강렬한 시선을 느낀 한우택이 쓰게 웃었다.

'김칫국 잘 마시는 건 여전하네.'

예전부터 최귀순은 김칫국을 잘 마시는 스타일이었다.

한우택이 보기에는 망할 것이 틀림없는 영화에 투자 결정을 내린 후 대박이 날 거라고 설레발을 자주 치던 것이 그가 김칫국을 잘 마시는 스타일이란 증거.

그런 그는 여전히 김칫국을 잘 마시고 있었다.

Now&New 대표 이사인 자신은 전혀 떡 줄 생각이 없는데, 혼자서 Now&New에 입사할 거라는 헛된 꿈을 품고 있었다.

하지만 한우택을 그런 그를 탓하지도 않았고, 딱 잘라 거절하지도 않았다.

김칫국 잘 마시는 데 특화된 최귀순을 최대한 이용하기 위함이었다.

"그렇지 않아도 회사에 도움이 될 수 있는 새로운 인재를 찾고 있는 중입니다."

한우택이 넌지시 운을 떼자, 최귀순의 눈빛이 더욱 강렬해졌다.

그 반응을 살피며 한우택이 다시 입을 열었다.

"우선 아까 하던 이야기를 마저 하시죠. 그 투자자가 대체 누굽니까?"

"제가 아는 건 이름뿐입니다, 주필호입니다."

'주필호.'

그 이름을 기억하기 위해서 한우택이 속으로 되뇌고 있을 때, 최귀순이 덧붙였다.

"정창욱 이사 말로는 투자자인 주필호가 회사 투자 방침과 결정을 좌지우지하고 있는 상황인 것 같습니다. 실은 얼마 전에도 저를 비롯한 대부분의 투자 팀 직원들이 반대하는 영화에 대한 투자 결정이 났었는데⋯ 알고 보니까 주필호가 투자 결정을 내리는 데 지대한 영향을 미쳤다고 합니다."

"무슨 영화입니까?"

"'그를 죽여라'라는 작품입니다. 일제 강점기 시대 독립군의
활약상을 다룬 작품인데……."

"작품에 대한 설명까지 하실 필요는 없습니다."

"왜……?"

"저도 알고 있는 작품이거든요. 꽤 오랫동안 충무로에 떠돌
았던 작품 아닙니까?"

'그를 죽여라'의 제작자는 투자 유치를 위해서 거의 모든
투배사에 투자 심사를 넣었다. 그리고 '그를 죽여라'라는 작
품은 Now&New에도 투자 심사가 들어왔었기에 한우택도
이미 알고 있었다.

"혹시 몇 고인지도 기억하십니까?"

"6고였습니다."

"그렇군요."

Now&New에 투자 심사를 넣었던 '그를 죽여라' 시나리오
도 수정 6고.

그렇다면 내용이 바뀌지 않은 같은 작품이란 뜻이었다.

"최 팀장님도 읽어 보셨죠?"

"물론 읽어 봤습니다."

"왜 투자 결정을 반대하셨던 겁니까?"

면접 질문이라고 생각하는 걸까.

최귀순이 잔뜩 긴장한 표정으로 대답했다.

"흥행작이 되기에는 부족하다고 판단했습니다. 그리고… 이 대로 영화가 제작되어 개봉하면 논란의 여지가 있을 거라는 우려도 들었기 때문입니다."

'아주 해태 눈깔은 아니었네.'

최귀순이 꺼낸 대답은 만점에 가까웠다.

한우택도 Now&New에 투자 심사가 들어왔던 '그를 죽여라'의 시나리오를 읽고 최귀순과 같은 우려를 하며 투자 결정을 반려했었으니까.

"그 작품을 읽고 난 후 저도 같은 생각을 했습니다."

"아, 그렇습니까?"

"역시 최 팀장님과 저는 작품을 보는 눈이 비슷한 것 같습니다."

반색하는 최귀순을 힐끗 살핀 한우택이 기회를 놓치지 않고 재빨리 말했다.

"좀 더 자세히 알 수 있을까요?"

"네?"

"빅박스에서 투자를 결정했거나, 투자 여부를 고심하고 있는 작품들 말입니다."

"갑자기 그건 왜……?"

"그냥 좀 궁금해서요."

한우택이 질문한 것은 빅박스 내부 정보.

그리고 최귀순도 바보는 아니었다.

함부로 회사 내부 정보를 발설해서는 안 된다는 것을 알고 있기 때문에 난감한 표정을 짓고 있었다.

그 반응을 살피던 한우택이 넌지시 말했다.

"예전이 그리울 때가 있습니다."

"언제를 말씀하시는 겁니까?"

"빅박스에서 근무할 때 말입니다."

"왜 그때가 그립다고 말씀하시는 겁니까?"

"지금은 저 혼자 결정을 내리고 모든 책임을 져야 하는 상황입니다. 하지만 그때는 상의할 사람도 있었고, 결과에 대한 책임도 나눠서 졌으니까요. 이제 와 돌이켜 보니, 제가 최 팀장님을 많이 의지했던 것 같습니다."

그 이야기를 들은 최귀순의 눈빛이 돌변했다.

"저도 그때가 좋았습니다. 기회가 된다면 다시 한번 한 대표님과 함께 일해 보고 싶습니다."

"하하, 곧 좋은 기회가 오지 않겠습니까?"

"어서 그 기회가 왔으면 좋겠네요. 참, 아까 뭘 물으셨습니까?"

"빅박스에서 투자를 결정했거나, 투자 여부를 고심하고 있는 작품들에 대해서 알고 싶다고 말씀드렸습니다. 기왕이면 세부 조건까지 알 수 있다면 더 좋겠죠."

'곧 빅박스를 떠나서 Now&New에서 일한다!'

이런 확신이 생겼기 때문일까.

최귀순은 더 망설이지 않고 입을 열었다.

"현재 빅박스에서 투자가 결정된 작품들은……."

한우택이 귀를 기울이며 모두 기억하기 위해서 애썼다. 그리고 최귀순이 대답을 마친 순간, 한우택이 말했다.

"제가 다시 연락드릴 테니까 언제 회사로 한번 찾아오시죠."

"그 말씀은……?"

"자세한 이야기는 그때 다시 나누시고 지금부터는 예전 이야기를 하면서 술이나 드시죠."

"알겠습니다."

아쉬움과 기대가 공존하는 최귀순의 눈빛을 살피며 한우택이 충고를 더했다.

"참, 그때까지는 절대 사표 던지시면 안 됩니다."

*   *   *

본가 근처 삼겹살집.

내가 들어갔을 때, 아버지는 혼자 소주를 마시고 계셨다.

"아버지."

"왔어?"

"왜 혼자 술을 드시고 계세요?"

"좀 일찍 도착했더니 마땅히 할 일이 없어서 먼저 한잔 마셨다."

아버지는 대수롭지 않게 말씀하셨다.

그렇지만 난 아버지의 자식으로 두 번째 살고 있는 중이다.

그래서 아버지의 표정만 보고도 금세 고민이 있다는 사실을 알아챌 수 있었다.

"한잔 받아라."

"네."

쪼르륵.

내가 양손으로 들고 있는 잔을 채워 주며 아버지가 말씀하셨다.

"애비가 면목이 없다."

"왜 그런 말씀을 하세요?"

"너한테 자꾸 부담을 주는 것 같으니까."

"……?"

"그래서… 아무래도 출판사를 정리해야 할 것 같다."

"갑자기 그게 무슨 말씀이세요?"

전혀 예상치 못했던 이야기.

그리고 어떤 낌새조차 전혀 알아채지 못했기에 서가북스를 정리해야 할 것 같다는 아버지의 말씀을 듣고 난 크게 당황할 수밖에 없었다.

그때 아버지가 덧붙였다.

"깨진 독에 계속 물을 부을 수는 없는 노릇이니까."

자금을 계속 투입하지만 실적이 개선되긴커녕 출판사 사정이 점점 좋아지지 않는다는 말뜻을 이해한 내가 입을 뗐다.

"그건 이미 각오했던 겁니다."

"그래도… 너무 손실이 심해. 애비 능력이 부족해서야."

"그래서가 아니라…"

"교육 방송 개국에 맞춰서 '포로로 월드' 편성을 받는 것이 마지막 희망이었어. 그렇게만 되면 지금까지 손해 봤던 것을 어느 정도 만회할 수 있을 거라 판단해서 계속 버텼어. 그런데… 그 마지막 희망마저 물거품이 됐으니까 더 늦기 전에 출판사를 정리하는 게 맞는 것 같아."

'어?'

내가 재차 당혹스러운 표정을 지었다.

'포로로 월드'가 교육 방송에서 유아용 애니메이션으로 제작되어 방영되는 것.

내 기억 속에 또렷하게 남아 있었다.

그리고 유아용 애니메이션으로 제작되어 방영된 후, '포로로 월드'가 본격적으로 인기몰이를 시작한다는 것도 역시 기억 속에 남아 있었다.

그런데 아버지의 말씀은 달랐다.

'포로로 월드'가 교육 방송에서 편성을 받지 못했다고 했으니까.

"정말… 편성이 되지 않았어요?"

"그래. 오늘 결과가 나왔다."

'왜… 달라졌지?'

내 기억 속 전개와 다른 방향으로 전개되는 상황이 당혹스러웠다.

그 이유에 대해서 고민하기 시작하던 내가 고개를 흔들었다.

지금은 이유를 찾는 것보다 더 급한 일이 있었기 때문이었다.

절망적인 표정으로 연신 소주를 들이켜고 계신 아버지와 대화를 나누는 것이 더 급한 일이었다.

"아버지 탓이 아닙니다."

"응?"

"제 탓입니다. 서가북스에서 진행하는 모든 프로젝트들을 주도한 것은 저였으니까요."

"그렇지만……"

"서가북스에서 진행하고 있는 프로젝트들 가운데 하나에 차질이 발생한 것일 뿐입니다. 아버지는 여전히 잘하고 계시고요. 그러니까 자책하지 마세요."

"……"

"그리고 자금난은 걱정하실 필요 없습니다. 투자를 좀 더 받으면 되니까요."

"투자를 더 받는 게 가능할까? 또… 계속 투자를 받는 것이 과연 능사일까?"

아버지는 여전히 불안한 표정을 짓고 있었다.

그런 아버지의 불안감을 해소시켜 드릴 요량으로 난 다시 입을 뗐다.

"Now&New라는 투자 배급사 알고 계시죠?"

"서가북스 옆에 입점해 있는 투자 배급사 아니냐? 몰랐는데 주연이 말로는 요새 아주 잘나간다고 하더구나."

"그 잘나가고 있는 투자 배급사 Now&New가 제 겁니다."

"응?"

"제가 회사 지분을 전부 보유하고 있거든요."

놀란 기색을 감추지 못하는 아버지를 바라보며 내가 말을 이었다.

"SB컴퍼니도 알고 계시죠?"

"역시 서가북스와 같은 층에 입점해 있는 회사이지 않느냐?"

"맞습니다. 그리고 SB컴퍼니에도 제 지분이 있습니다."

"그래?"

"SB컴퍼니가 현재 운용하고 있는 자금 규모가 얼마인지 아십니까? 수천억대입니다."

"수천억?"

깜짝 놀란 기색을 감추지 못하는 아버지에게 내가 덧붙였다.

"아까 말씀드렸듯이 SB컴퍼니에도 제 지분이 있습니다. 그리고 SB컴퍼니에서 서가북스에 필요한 만큼 계속 자금을 투자할 겁니다."

"지금 한 말이… 모두 사실이냐?"

"제가 아버지께 거짓말을 할 이유가 없지 않습니까?"

내가 웃으며 덧붙였다.

"아직 끝이 아닙니다. 제가 보유하고 있는 현금도 최소 수십억은 됩니다. 서가북스에 몇 억 더 들어간다고 해도 전혀 문제 될 것 없습니다."

"내가 막연히 짐작했던 것보다… 훨씬 더 대단하구나."

비로소 아버지의 표정에서 불안한 기색이 사라졌다.

"그러니까 너무 걱정 안 하셔도 됩니다."

'알아봐야겠어.'

일단 아버지를 안심시키는 데 성공했지만, 정작 난 불안함을 느꼈다.

내 기억과 다른 방향으로 상황이 전개되고 있는 것이 날 불안하게 만든 것이었다.

'왜일까?'

어서 이유를 알아볼 필요가 있다는 생각을 하며 난 소주잔을 비웠다.

*　　　　*　　　　*

"회장님!"

"안녕하십니까?"

채동욱이 로비에 모습을 드러낸 순간, 밸류에셋 직원들이 길을 터 주며 일제히 고개를 숙였다.

가볍게 고개를 끄덕이며 그들의 곁을 지나친 채동욱이 막 로비로 진입하는 서진우를 발견하고 환하게 웃었다.

"서 선생, 어서 오게."

"갑자기 연락드려서 죄송합니다."

"아니야. 지난번에도 이미 여러 차례 말했지 않은가? 서 선생은 언제든 부담 없이 날 찾아와도 된다고."

빈말이 아니었다.

서진우를 만나기 위해서 채동욱은 미리 잡혀 있던 미팅을 전부 취소했다.

그 정도로 서진우는 채동욱 입장에서 귀한 손님이었다.

"그런데 제가 대표실로 찾아가면 되는데 왜 로비까지 내려와 계신 겁니까?"

"국위를 선양한 아시안 게임 금메달리스트가 금의환향했는데 당연히 마중을 나와야 하지 않겠나?"

"굳이 그러실 필요까지는······."

"서 선생은 내 마중을 받을 자격 있어. 자, 가세."

채동욱이 서진우와 함께 대표 이사실로 돌아왔다. 그리고 차를 마시며 입을 뗐다.

"솔직히 말하면 서 선생이 아시안 게임에 출전해서 메달을 따는 게 힘들지 않을까 하는 생각을 했었네. 그런데 이번에도 서 서생은 내 예상을 훌쩍 뛰어넘었군. 그냥 메달을 딴 것도 아니고, 금메달을 획득했으니까."

"운이 좋았습니다. 그리고 좋은 동료들과 함께하면서 도움을 받았던 덕분입니다. 저는 그냥 묻어간 겁니다."

'겸손한 것도 참 맘에 든단 말이야.'

채동욱이 흡족한 표정을 지으며 입을 뗐다.

"얼마 전에 이청솔 검사장과 술 한잔했네. 그 자리에서 이 검사장에게 흥미로운 이야기를 들었어."

"흥미로운 이야기요?"

"서 선생이 오랫동안 비리를 저지르고 있었던 펜싱 협회 임직원들을 한 방에 싹 정리했다고 하더군."

"제가 아니라 검사장님이 하신 일입니다. 저는 펜싱 협회에 비리가 있다고 제보를 했던 게 다입니다."

"이 검사장 말은 다르던데? 그리고 이 검사장 말로는 펜싱 협회 부회장이었던 정명섭에게는 정치권 뒷배가 있었다고 하더군. 그런데 너무 쉽게 사건 처리가 마무리된 것이 의외였다고 하더라고. 그래서 묻는 건데… 혹시 서 선생이 따로 손을 썼나?"

"구룡그룹의 도움을 좀 받았습니다."

서진우의 대답을 들은 채동욱이 예전에 나누었던 대화를 떠올렸다.

"유명석 회장과 직접 만난 적이 있다? 서 선생이 유명석 회장과 만난 이유는 뭔가?"

"유명석 회장에게 부탁드릴 것이 있어서 제가 만남을 청했습니다."

"부탁? 유명석 회장에게 무슨 부탁을 했는가?"

"펜싱 협회 쪽에 문제가 있어서 그 문제를 해결하기 위해서 유명석 회장을 만나서 도와 달라고 부탁했습니다."

'그때 유명석 회장을 만나서 도움을 청했다고 했던 게… 이것 때문이었군.'

채동욱이 가늠한 후 천천히 고개를 끄덕였다.

정치를 하는 인간들을 상대하는 것은 절대 쉽지 않았다.

권력을 손에 쥔 데다가 욕심도 많은 족속들이었기 때문이었다.

그래서 서진우가 정치인을 상대하기 위해서 대체 어떤 방법을 사용했는가가 궁금해서 던진 질문이었는데.

구룡그룹 유명석 회장을 끌어들였기 때문에 정치권 인사가 쉽게 끼어들지 못했다는 사실을 깨닫고 채동욱은 내심 감탄했다.

'사람을 적재적소에 활용할 줄 알아!'

서진우는 능력이 뛰어난 게 다가 아니었다.

검사장 이청솔, 구룡그룹 회장 유명석, 유니버스 필름 대표 이현주, 그리고 자신까지.

주변 사람들을 자신의 편으로 끌어들이는 매력이 있었다.

'기브 앤 테이크가 확실하니까.'

서진우가 주변 사람들을 자신의 편으로 끌어들일 수 있었던 요인을 떠올렸던 채동욱이 흐뭇한 표정을 지었다.

'점점 더 거인이 돼 가는구나.'

내심 서진우를 사윗감으로 점찍은 채동욱이었다. 그리고 채동욱은 사내라면 능력과 야심을 갖고 있어야 한다고 판단하고 있었다.

그런 자신의 기대치에 서진우는 제대로 부응하고 있었다.

그래서 호의가 담긴 시선을 던지며 채동욱이 물었다.

"참, 오늘은 무슨 일 때문에 날 찾아왔나?"

"대표님께 부탁드릴 것이 있어서 찾아왔습니다."

"부탁? 무슨 부탁인가?"

서진우가 대답했다.

"오늘 제가 드릴 부탁은 두 가지입니다. 우선 요즘도 영화 사업에 관심이 있으십니까?"

"물론 관심을 갖고 있네. 원래 한번 단맛을 보면 쉽게 헤어 나오기 힘든 법이거든."

채동욱은 내가 제작했던 영화 'IMF'에 투자를 했었다. 그리고 'IMF'가 흥행에 성공한 덕분에 그는 투자금의 몇 배나 되는 수익을 거두었다.

그리고 아까 채동욱의 말처럼 사람은 한번 단맛을 보면 쉽게 헤어 나오기 힘든 법.

그래서 난 그가 여전히 영화 사업에 관심을 갖고 있을 거라 짐작했고, 그 짐작이 적중한 셈이었다.

"혹시 주필호라는 사람을 알고 계십니까?"

"주필호?"

채동욱이 미간을 좁힌 채 기억을 더듬다가 고개를 흔들었다.

"처음 들어 보는 이름일세."

"그렇습니까?"

"그런데 이자가 누군가?"

"얼마 전에 영화 사업 쪽에 거액을 투자한 투자자입니다. 투자 배급사 빅박스와 리온 엔터테인먼트에 거액을 투자했습니다."

내 설명을 들은 채동욱이 평가했다.

"주필호란 투자자, 투자 감각이 없는 편이로군."

"네?"

"나라면 빅박스나 리온 엔터테인먼트가 아니라 Now&New에 투자했을 테니까."

채동욱이 이런 평가를 내린 이유.

상승세를 타고 있는 Now&New와 달리 빅박스와 리온 엔터테인먼트는 가파른 하향 곡선을 타고 있기 때문이었다.

"저도 처음엔 그렇게 생각했습니다. 그런데… 지금은 생각이 좀 바뀌었습니다."

"왜 생각이 바뀐 건가?"

"일반적인 투자자는 아닌 것 같아서요."

"무슨 뜻인가?"

"투자 수익을 올리는 게 목적이 아닌 것 같습니다."

보통의 투자자들의 목적은 투자를 해서 수익을 거두는 것이다.

그렇지만 주필호는 달랐다.

'치명적인 그녀'의 투자와 배급권을 따내기 위해서 빅박스 측에서 제시한 조건은 수익 배분 비율을 투자 배급사 3, 영화 제작사 7.

이 경우 '치명적인 그녀'가 흥행에 성공하더라도 빅박스 측에서 가져가는 수익은 거의 없었다.

이것이 내가 주필호의 목표가 투자 수익을 노리는 것이 아닐 가능성이 높다고 판단한 이유였다.

간략한 설명을 들은 채동욱은 천천히 고개를 끄덕여 내 의견에 동의했다.

"서 선생 말대로라면 일반적인 투자자는 아니로군. 그럼 주필호는 뭘 노린 걸까? 경영권을 노리는 건가?"

"경영권을 노리는 것도 아닙니다."

"그것도 아니다? 그럼 뭘 노리는 건가?"

"제 생각에는 '치명적인 그녀'라는 작품을 노리고 있는 것 같습니다."

"그렇게 판단한 근거가 있나?"

"네."

"그 근거가 뭔가?"

"순서입니다."

"순서… 라니?"

"아까 주필호가 빅박스와 리온 엔터테인먼트에 거액을 투자했다고 말씀드렸습니다. 그리고 주필호가 먼저 투자를 했던 쪽은 리온 엔터테인먼트였습니다."

"빅박스보다는 리온 엔터테인먼트가 실적이 나은 편이라서 인가 보군."

'꾸준히 지켜보고 있었네.'

빅박스보다 리온 엔터테인먼트의 실적이 더 낮다는 사실을 알고 있는 것.

채동욱이 꾸준히 관심을 갖고 영화계 동향을 주시하고 있었다는 증거였다.

"'치명적인 그녀'의 투자와 배급권을 따내기 위해서 이현주 대표에게 먼저 접근했던 것은 리온 엔터테인먼트였습니다. 그렇지만 이현주 대표는 단칼에 리온 엔터테인먼트의 제안을 거절했습니다. 일전에 리온 엔터테인먼트 박중배 투자 팀장에 게 뒤통수를 맞은 적이 있었기 때문입니다."

"그랬군."

"이현주 대표가 리온 엔터테인먼트의 제안을 거절하고 난 후, 주필호는 빅박스에 거액을 투자했습니다. 그리고 빅박스 측은 다시 '치명적인 그녀'의 투자와 배급권을 따내기 위해서 이현주 대표에게 접근했습니다."

"서 선생 말이 모두 사실이라면… '치명적인 그녀'라는 작품 이 흥행에 성공할 확률이 무척 높은 것 같군."

"흥행할 가능성이 아주 높습니다."

세상에 공짜는 없다.

난 채동욱에게 부탁을 하기 위해서 '치명적인 그녀'가 흥행 할 가능성이 무척 높은 작품이라는 사실을 대가로 알려 준 셈.

구구절절 설명할 필요는 없었다.

이 정도면 채동욱은 확신을 갖고 움직일 테니까.

그때, 채동욱이 입을 열었다.

"서 선생은 주필호가 리온 엔터테인먼트에 투자했던 이유가 '치명적인 그녀'라는 작품의 투자와 배급권을 따내기 위함이었 다고 판단하는군. 그런데 주필호는 유니버스 필름 이현주 대 표와 리온 엔터테인먼트 사이가 악연으로 얽혀 있었던 것을 미처 몰랐고, 그래서 계획이 틀어지자 급히 빅박스에 투자를 했다는 뜻이로군."

"제 생각은 그렇습니다."

"나로서는… 잘 이해가 안 가는군."

"왜 이해가 안 가신다는 겁니까?"

"'치명적인 그녀'라는 작품에 투자를 해서 돈을 벌 목적도 아닌 것 같은데 이렇게까지 '치명적인 그녀'라는 작품에 집착하는 이유를 도무지 모르겠거든."

채동욱은 평생을 투자자로 살아왔다.

그래서 일반적인 투자자와는 달라도 너무 다른 주필호의 행보를 제대로 이해하지 못하는 기색이었다.

'어쩌면… 당연한 일이지.'

내가 속으로 생각할 때, 채동욱이 물었다.

"혹시 서 선생은 짐작 가는 이유가 있나?"

채동욱의 질문에 난 고개를 흔들었다.

"저도 모르겠습니다."

"서 선생도 짐작 가는 것이 없다?"

"그래서 대표님께서 주필호라는 투자자에 대해서 좀 알아 봐 주셨으면 합니다."

"주필호에 대해 알아봐 달라는 이유가 무엇인가?"

"적을 알아야 상대하는 것이 가능하니까요."

"지피지기면 백전백태다? 그리고… 주필호가 적이다?"

"제 짐작에는 그렇습니다."

아직 확실한 것은 아무 것도 없었다.

그렇지만 갑자기 등장한 주필호가 자꾸 신경이 쓰였다.

그래서 내가 대답한 순간, 채동욱이 천천히 고개를 끄덕였다.

"사람에 대해서 알면 그 사람의 의도를 알아낼 수 있는 법이지, 주필호에 대해서 한번 알아보겠네."

시원하게 대답한 채동욱이 다시 입을 뗐다.

"아까 부탁이 두 가지라고 했었지? 나머지 하나의 부탁은 무엇인가?"

"혹시 배석두 전 국회의원을 알고 계십니까?"

"배석두 전 의원? 얼마 전에 교육 방송 초대 대표 이사로 취임한 양반을 말하는 건가?"

'역시 알고 있네.'

번지수를 제대로 찾아왔다는 생각을 하며 내가 덧붙였다.

"맞습니다. 제가 배석두 교육 방송 대표 이사와 만날 수 있도록 다리를 놔 주실 수 있으십니까?"

Chapter. 3

'변수를 만들자.'

예상치 못한 베일에 싸인 투자자 주필호의 등장으로 인해 여러모로 상황이 혼란스럽게 변해 있었다.

난 아직 주필호가 진짜 노리고 있는 것이 무엇인지조차도 파악하지 못한 상태.

우선은 주필호에 대해서 알아내는 것이 급선무라고 판단한 난 채동욱 대표에게 그에 대해 조사해 달라고 부탁했다.

그리고 또 하나 준비한 것이 변수를 만드는 것이었다.

"'치명적인 그녀'를 노리는 것은 분명해."

현재까지 드러난 주필호의 행보를 통해서 확실하게 알 수 있는 것은 그가 '치명적인 그녀'의 투자와 배급권을 따내려 한다는 것이었다.

그런데 만약 그 계획이 무산된다면?

변수가 발생하게 되는 셈이고, 주필호는 어떤 식으로든 리액션을 보일 터.

그 리액션을 확인하고 나면 그의 의도를 좀 더 명확하게 알아낼 수 있을 것이었다.

그래서 난 그 변수를 만들기 위해서 유니버스 필름으로 찾아왔다.

"서 대표, 어서 와."

이현주 대표는 여느 때와 다름없이 날 반갑게 맞이했다.

"이제 결정한 거야?"

그녀는 다짜고짜 질문부터 던졌다.

'치명적인 그녀'의 공동 제작자로서 어느 투배사와 손을 잡고 영화 제작을 진행할지 결정을 내렸느냐고 묻는 것이었다.

"네. 결정했습니다."

내가 결정했다고 대답하자, 이현주가 다시 물었다.

"빅박스?"

"아니요. Now&New와 손을 잡길 원합니다."

"빅박스가 아니라 Now&New?"

"네."

"Now&New를 선택한 이유는?"

"한우택 대표는 믿을 수 있는 사람이라서요."

내가 대답했지만, 이현주는 순순히 믿지 않았다.

"서 대표가 Now&New를 파트너로 선택하고 싶은 진짜 이유는 다른 것 아냐? 서 대표가 Now&New의 지분을 보유하고 있기 때문에 '치명적인 그녀'가 흥행에 성공했을 때 더 큰수익을 올리기 위해서 그런 결정을 내린 것 아니냐고?"

이현주가 따지듯 물었지만, 난 당황하지 않았다.

이런 반응이 돌아올 것을 이미 어느 정도 예상했기 때문이었다.

"저도 돈 좋아합니다."

"역시……."

"그런데 속물은 아닙니다."

"……?"

"제가 빅박스가 아니라 Now&New를 파트너로 선택하려는이유는 이 대표님과 같습니다."

"무슨… 뜻이야?"

"선례를 만들고 싶어. 영화 제작 일을 하는 선후배와 동료들. 난 그들을 경쟁자가 아니라 동반자라고 생각해. 그래서 그들이 지금보다 좀 더 나은 환경에서 일하고, 어렵게 제작해서개봉한 작품이 흥행에 성공했을 때 더 많은 돈을 벌었으면 좋겠다는 바람을 갖고 있어. 그리고 어쩌면 이번 계약이 시발점이 될 수 있다고 생각하고 있어."

"……?"

"일전에 이 대표님이 빅박스를 파트너로 선택하려는 이유로 밝혔던 내용입니다. 기억하고 계십니까?"

"물론 기억해. 그런데 서 대표가 이 이야기를 하는 이유가 뭐야?"

"저는 반대라고 생각하기 때문입니다."

"반대… 라니?"

"빅박스 측에서 제시한 계약을 체결하면 영화 제작 일을 하는 선후배와 동료들이 더 나은 환경에서 일하는 게 아니라 최악의 상황과 맞닥뜨릴 가능성이 높습니다."

"말도 안 되는……."

"말도 안 되는 소리가 아닙니다. 원칙이 무너지니까요."

"원칙이 무너진다니?"

내가 설명을 마쳤지만, 이현주는 제대로 이해한 기색이 아니었다.

그래서 난 부연했다.

"혹시 '그 사람을 믿지 마세요'라는 작품을 아십니까?"

"알아. 원태일 대표님이 제작하고 있는 작품이잖아."

"마침 알고 계시네요."

원태일은 이미 두 편의 영화를 제작한 영화 제작자.

실력과 감각을 두루 갖추었기에 충무로에서 평판이 무척 좋은 영화 제작자였다.

"원태일 대표가 제작 중인 '그 사람을 믿지 마세요'라는 작품의 투자와 배급을 빅박스에서 맡았습니다."

"그래? 잘됐네."

여기까지는 몰랐던 걸까.

이현주 대표가 반색한 순간, 난 고개를 가로저었다.

"과연 잘된 일인지는 모르겠습니다."

"무슨 뜻이야?"

"빅박스와 체결한 계약 조건을 듣고 나면 이 대표님의 생각도 바뀔 겁니다. 수익 배분 비율이 8 대 2입니다."

"투자 배급사가 8, 영화 제작자가 2란 뜻이야?"

"그렇습니다."

일반적인 계약의 수익 배분 비율은 7 대 3.

영화를 상영하는 극장에서 가져가는 지분을 뺀 나머지 수익의 7을 투자 배급사가 가져가고, 3을 영화 제작자가 가져가는 구조였다.

그런데 '그 사람을 믿지 마세요'의 경우, 일반적인 계약보다 더 나쁜 조건으로 계약했다는 사실을 알게 된 이현주 대표가 미간을 찌푸렸다.

"왜… 원태일 대표님은 이런 안 좋은 조건으로 계약한 거지?"

그리고 그녀가 혼잣말처럼 꺼낸 질문에 내가 대답했다.

"상황이 급했으니까요."

"응?"

"대충 아시겠지만, '그 사람을 믿지 마세요'라는 작품은 꽤 오랫동안 투자 유치에 애를 먹었습니다. 원태일 대표 입장에서는 찬물 더운물 가릴 수 있는 입장이 아니었을 겁니다. 그래서 울며 겨자 먹는 심정으로 계약 조건이 좋지 않음에도 불구하고 빅박스와 계약을 체결했을 겁니다."

"내가… 더 속상하다."

이현주 대표가 안타까움을 드러낸 순간, 내가 다시 입을 뗐다.

"그나마 양호한 편입니다."

"양호한 편이라니?"

"화성 필름 원태일 대표는 이미 두 작품을 제작했던 기성 영화 제작자입니다. 그런 원태일 대표가 이런 안 좋은 조건으로 계약했다는 것이 무엇을 의미하는지 짐작 가는 게 없습니까?"

"기성이 아닌 신인 영화 제작자는… 더 나쁜 조건으로 투배사와 계약을 체결할 수도 있다는 뜻이야?"

"맞습니다."

"설마… 그렇게까지야 하겠어?"

이현주 대표는 설마 하는 표정을 지었지만, 난 이번에도 고개를 가로저었다.

"설마가 사람 잡는 법이죠."

"더 나쁜 조건으로 계약을 체결한 케이스가 이미 있다는 뜻이야?"

"네. 신생 영화 제작사인 더블 플레이에서 제작하는 '악인의 최후'라는 작품의 경우 빅박스 측과의 수익 배분 비율이 9 대 1입니다."

"확실한 정보야?"

"네, 빅박스 내부 인물에게 확인을 거친 정보입니다."

한우택 대표는 내 부탁을 들어주었다.

현 빅박스 투자 팀장인 최귀순을 만나서 회사 내부 정보들을 알아내서 내게 알려 주었으니까.

이것이 내가 '그 사람을 믿지 마세요'와 '악인의 최후'의 세부 계약 조건까지 알고 있는 이유다.

그리고 확실한 정보라는 이야기를 들은 이현주 대표의 표정이 심각하게 바뀌었다.

"왜… 이런 조건을 수용한 걸까?"

"약자니까요."

"영화 제작자가 약자다?"

"투자 배급사에 비하면 약자죠."

"그렇긴 하지만……."

"제 생각에는 질문의 순서가 바뀐 것 같습니다."

"무슨 뜻이야?"

"왜 이런 조건을 수용한 걸가가 아니라, 빅박스 측에서 왜 이런 조건을 제시한 걸까를 궁금해 하는 편이 더 맞다고 생각합니다."

"그 이유를… 서 대표는 알아?"

"'치명적인 그녀'가 이유 중 하나일 겁니다."

"그건… 또 무슨 소리야?"

"빅박스 측에서 저희 측에 제시한 조건대로라면 '치명적인 그녀'가 흥행에 성공하더라도 빅박스 측이 가져가는 수익은 거의 없습니다. 그럼 다른 데서 수익을 내야 하는 게 당연하지 않을까요?"

"그래서 다른 작품들과 계약을 체결할 때 투자 배급사가 더 많은 수익을 챙길 수 있는 방식으로 계약을 맺는다?"

"맞습니다."

여기까지는 전혀 예상치 못했기 때문일까.

이현주 대표가 양손을 들어 마른세수를 했다.

"양아치 새끼들!"

그리고 빅박스를 욕하는 이현주 대표에게 내가 말했다.

"이게 제가 빅박스가 아닌 Now&New로 마음이 기운 이유입니다. 최소한 한우택 대표는 양아치가 아니니까요."

"한우택 대표는… 서 대표 말처럼 양아치는 아니지."

이현주 대표가 동의한 순간, 내가 소파에 등을 묻었다.

여기까지가 내가 준비해 온 패.

이제 결정을 내리는 것은 이현주 대표의 몫이었다.

그리고 그녀가 결정을 내리는 데까지는 오랜 시간이 걸리지 않았다.

"Now&New를 파트너로 결정하자."

"그럼 빅박스를 파트너로 결정할 때보다 수익이 많이 줄 텐데요?"

"상관없어. 나 혼자 잘 먹고 잘 살자고 영화 제작 일을 시작한 게 아니니까."

내가 원하던 대답을 꺼낸 이현주 대표가 잠시 후 고개를 갸웃했다.

"그런데 한 가지 이해가 안 가는 게 있어."

"뭐가 이해가 안 가는 겁니까?"

"빅박스 측이 대체 왜 그렇게 '치명적인 그녀'의 투자와 배급권을 따내려 했는지가 이해가 안 가."

"……?"

"서 대표 말처럼 이런 계약 조건이라면 '치명적인 그녀'가 흥행하더라도 빅박스 측은 수익을 거둘 수 없어. 그걸 빅박스 측에서도 모를 리 없고. 게다가 '치명적인 그녀'가 흥행할 거란 보장도 없어. 그러니 흥행에 실패하면 빅박스 측은 큰 손실을 입는 셈이지. 그런데도 이렇게까지 '치명적인 그녀'에 집착한 이유가 뭘까?"

이현주 대표의 질문에 난 대답하지 못하고 팔짱을 꼈다.

나 역시 그 이유를 계속 궁금해하고 있는 참이었으니까.

"어쩌면······."

"어쩌면 뭡니까?"

"우리가 미워서가 아닐까?"

"네?"

"서 대표와 내가 함께 제작했던 영화들 말이야. 빅박스와는 인연이 닿지 않았어. 오히려 우리가 제작했던 영화들이 흥행에 성공하면서 반사 작용으로 빅박스에서 투자한 영화들은 흥행에 실패했지. 그런 상황이 반복되니 우리가 미워서 '치명적인 그녀'의 투자와 배급권을 따내서 개봉을 무산시키려고 했던 게 아닐까? 이런 생각이 잠깐 들었는데··· 그냥 무시해. 다시 생각해 보니까 말도 안 되는 소리 같으니까."

불쑥 떠올랐던 생각을 입 밖으로 꺼냈던 이현주 대표가 고개를 절레절레 흔들며 신경 쓰지 말라며 손사래를 쳤다.

'말도 안 되는 소리!'

나 역시 같은 의견이었다.

'치명적인 그녀'라는 작품이 많은 예산이 들어가는 작품은 아니었지만, 그래도 제작비가 최소 10억은 넘었다.

그런 거금을 작품에 투자했던 빅박스 측이 우리가 미워서 '치명적인 그녀'를 개봉하지 않는다는 것.

말도 안 되는 소리라고 생각했는데.

'어?'

내가 두 눈을 빛냈다.

가능성이 매우 희박하긴 하지만, 가능성이 제로는 아니었기 때문이었다. 그리고 한 가지 가능성을 떠올렸다.

'어쩌면… 우리, 아니, 내가 타깃이 아니었을까?'

*   *   *

강남 한정식집.

주필호가 검정색 세단에서 내려서 특실로 들어가자, 미리 도착해서 기다리고 있던 최우종이 인사를 건넸다.

"주 회장님, 오시느라 고생 많으셨습니다."

"고생은 무슨. 최 대표님 만나는데 이 정도 수고는 감수해야죠."

최우종과 간단한 인사를 나눈 주필호가 최우종의 곁에 서 있는 남자에게 고개를 돌렸다.

"누굽니까?"

"처음 뵙겠습니다. 이민호라고 합니다."

"이… 민호?"

"스타파워라는 작은 연예 기획사를 운영하고 있습니다."

"아, 스타파워. 몇 번 이름을 들어 본 적 있습니다."

"주 회장님께서 알고 계시니 영광입니다."

자신을 향해 구십 도로 고개를 숙이고 있는 이민호를 바라보고 있을 때, 최우종이 설명했다.

"제가 이 대표와 친분이 있습니다. 얼마 전에 식사 자리를 갖다가 주 회장님에 대해서 말씀드렸더니 이 대표가 꼭 한번 뵙고 싶다고 자리를 마련해 달라고 부탁했습니다."

"그래서 오늘 자리가 마련된 것이로군요."

"번거롭게 해 드린 거라면 죄송합니다."

최우종의 말이 끝난 순간, 주필호가 손사래를 쳤다.

"전혀 번거롭지 않습니다. 오히려 기쁩니다. 최 대표님 덕분에 훌륭한 인재를 만나게 됐으니까요."

'그렇지 않아도 연예 기획사 쪽과도 한번 접촉하려고 했는데… 제 발로 찾아온 셈이로군.'

주필호가 준비하고 있는 플랜을 완성시키기 위해서는 연예 기획사를 포섭하는 것도 필요했다. 그런데 마침 스타파워 이민호 대표가 자신을 만나기 위해서 먼저 찾아왔으니 주필호 입장에서는 일을 던 셈이었다.

'스타파워 정도면 규모도 꽤 큰 편이고.'

아까 이민호는 스타파워를 작은 연예 기획사라고 언급하며 스스로를 낮췄다.

하지만 주필호는 스타파워의 규모가 꽤 크다는 것을 알고 있었다.

비록 국내 최대 연예 기획사인 '블루윈드'에는 미치지 못했지만, 국내에서 다섯 손가락 안에 꼽히는 연예 기획사였으니까.

"자, 식사하면서 얘기합시다."

주필호가 먼저 앉자, 최우종과 이민호도 자리에 앉았다.

"제가 회장님께 술 한잔 올려도 되겠습니까?"

"한잔 주시게."

"영광입니다."

무릎을 꿇은 채 술 주전자를 기울여서 공손하게 술을 따르던 이민호가 조심스럽게 입을 뗐다.

"아직 많이 부족합니다. 회장님께서 많은 도움과 가르침을 주십시오."

"이 대표."

"말씀하십시오."

"내게 원하는 게 뭔가?"

이민호가 헛숨을 들이쉰 후, 긴장한 표정으로 다시 입을 뗐다.

"염치 불고하고 말씀드리겠습니다. 스타파워를 국내 최고의 연예 기획사로 만들고 싶습니다."

"아직 젊은데… 꿈이 크구만."

"칭찬으로 듣겠습니다."

"젊은 사람은 배포가 있어야지. 그래. 내가 뭘 도와주면 될까?"

"국내 4위 규모의 연예 기획사인 플러스 엔터테인먼트와의 합병을 추진 중입니다. 회장님께서 도움을 주셔서 합병이 성사되면 '블루윈드'와 어깨를 나란히 할 수 있습니다."

'자금을 투자해 달라는 뜻이로군!'

금세 말뜻을 짐작한 주필호가 사기잔에 담긴 투명한 술을 마셨다.

'독하군!'

주필호가 슬쩍 찌푸렸던 미간을 펴며 안주를 집었다.

'독이 든 성배란 걸 모르는 자들!'

주필호가 가진 것은 돈.

그리고 최우종과 이민호는 그 돈을 투자해 주길 원했다.

당장 사정이 급해서 투자를 원하고 있지만, 자신에게 투자를 받는 것이 결국 본인들의 목을 죌 것이라는 사실을 전혀 모르는 기색이었다.

'멍청하긴!'

주필호가 혀를 끌끌 차며 입을 열었다.

"이 대표."

"말씀하십시오."

"나에 대해서 얼마나 알고 있나?"

"건설 사업으로 크게 성공하셨다는 것만 알고 있습니다."

"난 처음부터 사업을 한 사람이 아니었네. 내가 사업을 하기 전에 무슨 일을 했는지도 알고 있나?"

"모르겠습니다."

"나랏일을 했었네."

"나랏일이라면……?"

"검사였네."

"아, 네!"

깜짝 놀란 표정을 짓는 이민호를 바라보며 주필호가 말을 이었다.

"나쁜 놈들 상대하고 잡아넣던 내가 어떻게 사업을 시작해서 성공할 수 있었는지 궁금하지 않은가?"

"경청하겠습니다."

"귀인을 만났기 때문이네."

"귀인… 이요?"

"그래, 표현 그대로 귀한 분이시지. 그분을 만난 덕분에 난 사업가로 승승장구할 수 있었어. 그리고 이제 그분에게 진 빚을 갚으려고 하네."

"그분이 대체 누구십니까?"

이민호가 질문했지만, 주필호는 고개를 흔들었다.

"아직은 너무 일러."

"네?"

"이 대표가 나와 한배를 탔다. 확실한 내 사람이다. 이런 확신이 서고 나면 그때 알려 주지."

"우선 주 회장님의 신뢰를 얻을 수 있도록 최선을 다하겠습니다."

"기대하지."

주필호가 술 주전자를 들어 올렸다.

쪼르륵.

이민호가 들어 올린 잔에 술을 따라 주며 주필호가 말했다.

"곧 회사로 직원을 보내겠네. 필요한 것은 직원에게 말하게."

"감사합니다."

이민호가 바닥에 닿을 정도로 머리를 숙였다.

"최 대표님도 한잔 받으시죠."

"네, 회장님."

쪼르륵.

최우종의 잔에 술을 따라주며 주필호가 물었다.

"궁금한 게 많지요?"

"네?"

"왜 '치명적인 그녀'라는 작품에 저렇게 목을 매는 걸까? 최 대표님은 이런 생각이 드실 것 같습니다."

"그게… 의아하긴 합니다."

최우종이 고개를 끄덕여 인정한 순간, 주필호가 말했다.

"그분이 원하십니다."

"아, 네."

"그분이 '치명적인 그녀'를 제작하는 자를 경계하고 계십니다."

"유니버스 필름 이현주 대표를 경계하신다는 뜻입니까?"

"아닙니다."

"그럼… 레볼루션 필름 서진우 대표를 경계하시는 겁니까?"

"맞습니다."

그분이 경계하는 것이 서진우가 맞다는 사실을 알려 주자 최우종이 다시 질문했다.

"대체 왜 서진우 대표를 경계하시는 겁니까?"

"이유는 저도 모릅니다. 그리고… 이유는 중요하지 않습니다."

"……?"

"내가 알고 있는 건 그분이 하는 일에 의미가 없는 것은 없다는 겁니다. 그래서 질문도 의심도 하지 않습니다. 그저 그분의 지시를 따를 뿐이지요."

주필호가 잠시 숨을 고른 후 덧붙였다.

"아직입니까?"

"뭘 물으시는 겁니까?"

"'치명적인 그녀'의 투자와 배급권을 따내는 것 말입니다."

주필호가 질문을 마치자 최우종의 낯빛이 창백하게 변했다.

"…아직입니다."

잠시 후 최우종에게서 돌아온 대답.

"얼마나 더 기다려야 합니까?"

"조금만 더 시간을 주시면······."

"솔직히 말해 보세요."

"그게··· 어려울 것 같습니다."

"왜입니까?"

"이현주 대표와 서진우 대표가 저희 측 제안을 거절했습니다."

주필호의 표정이 일그러졌다.

어차피 돈을 벌 목적으로 시작한 일이 아니었다. 그래서 파격적인 수익 배분 비율까지 제시했지만, 원하던 결과를 얻어 내지 못한 상황이 당혹스러웠다.

"이유가··· 뭡니까?"

"Now&New와 협상이 급진전된 것 같습니다."

"Now&New? 거기는 신생 투배사가 아닙니까?"

"그렇긴 한데··· 최근에 실적이 좋았습니다. 그리고 '살인의 기억'이란 작품을 함께해서 좋은 결과를 거두었던 것이 협상에 영향을 미친 것 같습니다."

최우종이 긴장한 채 대답을 마친 순간, 주필호가 술잔을 비웠다.

"어쩐다?"

리온 엔터테인먼트에 이어서 빅박스에 거액을 투자한 이유 중 하나.

'치명적인 그녀'라는 작품의 투자와 배급권을 따내기 위함이었다.

그런데 그 계획이 또 무산됐으니 다른 방법을 찾아야 했다.

잠시 후, 주필호가 결심을 굳혔다.

'Now&New 한우택 대표와 접촉을 해 봐야겠군.'

*   *   *

지이잉, 지이잉.

늦은 오후에 있는 수업을 듣기 위해서 학교에 갈 준비를 하고 있을 때, 탁자 위에 올려둔 휴대 전화가 진동했다.

"여보세요?"

─서진우 씨, 접니다.

내게 전화를 건 한우택이 목소리는 잔뜩 상기되어 있었다.

"무슨 일 있으십니까?"

그래서 내가 묻자, 한우택이 대답했다.

─서진우 씨 말이 맞았습니다. 주필호에게서 연락이 왔었습니다.

'왔네!'

내가 휴대 전화를 쥔 손에 힘을 더했다.

변수를 만들면 주필호가 움직일 거란 예상이 적중한 셈이었다.

"주필호를 만났습니까?"

―네, 어제 만났습니다.

"뭐라고 하던가요?"

―얘기가 깁니다. 만나서 얘기하는 편이 좋겠습니다. 서진우 씨 수업 끝나고…….

"그냥 지금 만나시죠."

―오늘 수업 없으십니까?

"지금 수업이 중요한 게 아니잖습니까?"

가볍게 수업을 째고 카페에서 한우택을 만났다.

"서진우 씨, 학교를 다니긴 하는 겁니까?"

만나자마자 잔소리부터 하는 한우택에게 내가 대답했다.

"다니긴 합니다."

내 공부는 내가 알아서 할 테니 신경 쓸 필요 없다고 말하려다가 그만두었다.

이런 이야기를 나누고 있을 여유가 없을 정도로 마음이 급했기 때문이었다.

"주필호는 어땠습니까?"

"뭘 묻는 겁니까?"

"직접 만났을 때 어떤 인상을 받았는지 궁금합니다."

"음, 성공한 사업가라서 그런지 몰라도 표정과 태도에 여유가 있었습니다. 그리고… 눈빛이 날카로웠습니다. 처음 만나서 시선을 교환한 순간, 만만치 않은 상대라는 걸 직감할 수 있을 정도였습니다."

"한 대표님을 만나자고 청한 이유는요?"

"투자를 하고 싶다고 했습니다."

"투자… 요?"

이미 주필호는 리온 엔터테인먼트와 빅박스에 거액을 투자한 상황.

그런데 그가 Now&New에도 투자 의사를 내비쳤다는 것을 알게 된 내가 물었다.

"조건은요?"

"그게… 딱히 조건이 없습니다."

"조건이… 없다고요?"

"지분만 확보하고 싶다고 했습니다."

"얼마나요?"

"최대한 많은 지분을 원한다고 했습니다."

'무슨 꿍꿍이지?'

주필호의 숨은 의도를 파악하기 위해서 내가 고민할 때였다.

"이거 한번 보세요."

한우택이 가방에서 시나리오 책 한 권을 꺼내서 탁자 위에 올려놓았다.

주필호에 대한 이야기를 하다 말고 갑자기 시나리오 책을 꺼내는 것을 확인한 내가 마뜩잖은 표정을 지었을 때였다.

"아까 잘못 말한 것 같습니다."

한우택이 말했다.

"뭘 잘못 말했다는 겁니까?"

"아까 딱히 어떤 조건이 없었다고 말씀드렸잖습니까? 그게 아니었던 것 같습니다. 이 작품의 투자와 배급을 맡길 원한 것 같습니다."

"······?"

"주필호가 어제 만남에서 이 시나리오 책에 대한 이야기를 넌지시 꺼냈었습니다."

한우택의 이야기를 듣고 나자 그가 꺼낸 시나리오 책에 흥미가 생겼다.

'밀정을 고하라?'

그래서 시나리오 책 표지에 적혀 있는 제목을 확인한 후 물었다.

"한 대표님은 읽어 보셨습니까?"

"네. 아침에 일어나자마자 읽어 봤습니다."

"어떤 내용입니까?"

"일제 강점기 시대에 독립운동을 했던 독립군 사이에 섞여 있던 밀정을 색출하는 내용입니다."

'또··· 일제 강점기 시대 이야기네.'

빅박스에서 투자와 배급을 결정했다고 했던 '그를 죽여라'라는 작품 역시 일제 강점기 시대를 다룬 작품이었다.

그리고 공통점은 또 있었다.

"시나리오는 나쁘지 않습니다. 아니, 잘 쓴 편이었습니다. 그런데 문제가 하나 있습니다."

"어떤 문제입니까?"

"주원봉이 밀정으로 가장한 채 진짜 밀정을 색출하는 임무를 맡았다는 내용입니다."

주원봉 역시 친일 행적을 했던 친일파 중 한 명.

그런데 그가 밀정으로 가장한 채 진짜 밀정을 색출하는 임무를 맡았다는 시나리오 내용은 문제의 소지가 될 가능성이 충분했다.

그리고 한우택은 그 점을 지적한 것이었다.

"우연일까요?"

"네?"

"주원봉과 주필호, 두 사람의 성이 같은 것이 과연 우연의 일치인가를 물은 겁니다."

"무심코 넘겼는데… 듣고 보니 성이 같네요."

"흔한 성은 아니죠."

내가 두 눈을 빛내며 시나리오 책을 가방 속에 넣었다.

"제가 직접 한번 읽어 보겠습니다."

"네."

"생각해 보니 가장 중요한 걸 아직 묻지 않았네요. 한 대표님은 투자 제안에 어떤 대답을 했습니까?"

"난 바지 사장이라서 권한이 없다."

"……?"

"Now&New 지분은 서 이사님이 대부분 보유하고 있지 않습니까? 그래서 저는 일종의 전문 경영인이니 지분 매입 문제와 관련해서는 권한이 없는 게 사실이지 않습니까?"

"정말 그렇게 대답했습니까?"

"물론 아닙니다. 여지를 남겨 뒀습니다."

"여지를 남겨 뒀다는 건……?"

"고민할 시간을 달라고 했습니다."

'딱 모범 답안을 꺼냈네.'

일단 시간을 번 셈.

그사이에 주필호가 진짜 노리는 것을 파악해야 한다는 생각을 했을 때였다.

지이잉, 지이잉.

안주머니에 넣어둔 휴대 전화가 진동했다.

"여보세요?"

─서 선생님, 저 양미향이에요.

"네."

손목시계를 확인해서 오후 다섯 시가 지났다는 것을 확인한 내가 긴장한 채 물었다.

"결과가 나왔습니까?"

─그것 때문에 서 선생님께 연락드렸어요.

'어떤 결과가 나왔을까?'

내가 긴장한 이유는 오늘이 채수빈이 대학 수학 능력 시험을 치르는 날이었기 때문이었다. 그리고 긴장한 채 대답을 기다리고 있을 때 양미향이 예상치 못한 부탁을 했다.

—지금 집으로 좀 와 주실 수 있으세요?

*　　　　*　　　　*

"서 선생님, 어서 오세요."

공식적으로 난 더 이상 채수빈의 과외 선생님이 아니었다.

그녀가 오늘 대학 수학 능력 시험을 치렀기 때문이었다.

그렇지만 난 양미향의 부탁을 받고 채동욱의 집으로 찾아갔다.

'표정이… 안 좋네.'

현관문 앞까지 나와서 날 맞이하는 양미향의 표정이 좋지 않다는 것을 확인한 내 표정도 어두워졌다.

엄밀히 말하면 채수빈이 대학 수학 능력 시험에서 어떤 성적을 거두었는가 여부는 내 책임 소재가 아니었다.

그럼에도 불구하고 난 채수빈이 기왕이면 좋은 성적을 거뒀기를 바랐다.

평소 그녀를 아끼는 마음도 있었고, 그녀의 부친인 채동욱과도 특별한 관계를 유지하고 있었기 때문이었다.

"수빈이는 뭐라고 하던가요?"

"모르겠어요."

"네?"

"시험 보고 나온 후에 한마디도 하질 않아요. 그래서 염치 불고하고 서 선생님께 연락드렸어요. 서 선생님 앞이라면 뭐라도 얘기하지 않을까 해서요."

"네."

양미향의 설명을 들으며 집 안으로 들어갔다.

일찍 퇴근한 채동욱도 거실에서 날 기다리고 있었다.

"서 선생, 오느라 고생했네."

"아닙니다."

"어서 올라가 보게."

'채 대표님도… 어쩔 수 없는 부모구나.'

잔뜩 표정이 굳어진 채동욱을 발견하고 내가 떠올린 생각.

난 채수빈을 만나기 위해서 이 층으로 올라갔다.

똑똑.

"수빈아, 나야."

방문 앞에서 노크하자, 문이 열렸다. 그리고 방문을 연 채수빈의 두 눈은 붉게 충혈되어 있었다.

붉게 충혈된 채수빈의 두 눈을 마주하고 나자, 심장이 철렁 내려앉는 느낌이었다.

'시험을 망쳤구나.'

퍼뜩 든 생각.

그렇지만 애써 표정 관리에 신경을 쓰고 있을 때였다.

"선생님, 너무해요."

채수빈이 말했다.

"왜……?"

"어떻게 제가 시험 보는 학교로 찾아오지 않을 수가 있어요? 내가 선생님을 얼마나 기다렸는데?"

채수빈이 서운함을 느낀 이유가 수학 능력 시험을 치른 학교로 내가 찾아오지 않았기 때문임을 알게 된 내가 말했다.

"일부러 안 찾아간 거야. 내가 찾아가면 수빈이가 부담 느낄 것 같아서."

"정말이죠?"

"그렇다니까. 나도 계속 신경 쓰고 있었어."

"그럼 이번 한 번만 넘어가 줄게요."

"시험은… 어땠어?"

"어려웠어요. 아무래도 틀린 것 같아요."

"많이 어려웠어?"

채수빈이 내 질문에 대답하지 않고 손가락 세 개를 펼쳤다. 그리고 그녀가 펼친 손가락 세 개를 확인한 내가 물었다.

"혹시… 삼수까지 각오한다는 거야?"

"선생님, 그게 무슨 소리예요? 수험생 생활 한 번도 간신히 버텼는데, 세 번씩이나 어떻게 버텨요?"

"그럼 손가락 세 개를 펼친 것은 무슨 의미야?"

"세 개 틀린 것 같다고요."

"정말… 이야?"

"제가 선생님한테 거짓말하는 것 보셨어요?"

"못 봤지."

현재 대학 수학 능력 시험은 만점이 400점으로 바뀐 상태였다. 그러니 세 개가 틀렸다면 채수빈의 성적은 390점대였다. 그리고 난 이미 올해 수학 능력 시험이 무척 어려웠다는 뉴스를 들은 후였다.

'390점대의 성적이면 한국대 상위권 학과도 가능하다고 했어!'

채수빈이 진짜 한국대학교에 입학한다는 사실을 알게 된 내가 양팔을 벌렸다.

"축하해!"

"고마워요. 전부 선생님 덕분이에요."

내 품에 안긴 채 채수빈이 내게 공을 돌렸다.

그렇지만 난 고개를 가로저었다.

"수빈이가 열심히 한 덕분이야."

"아니에요. 진짜 선생님 아니었다면 한국대학교에 입학하는 건 꿈도 못 꿨을 거예요. 선생님 덕분에 목표가 생겼기 때문에 끝까지 포기하지 않을 수 있었어요."

"목표?"

"캠퍼스 커플. 설마 잊은 건 아니죠?"

"물론… 안 잊었지."

적잖이 당혹스러웠다.

수험생 채수빈의 목표가 한국대학교에 진학해서 나와 캠퍼스 커플이 되는 것임은 알고 있었다.

그렇지만 채수빈이 진짜 한국대학교에 입학할 날이 다가오자 어떻게 해야 할지 갈피를 잡기 힘들어서였다.

"어, 반응이 기대와 다른데요?"

내 품에서 재빨리 빠져나온 채수빈이 두 눈을 흘겼다.

"응?"

"선생님이 엄청 기뻐할 줄 알았거든요. 그런데 지금 선생님은 당황한 기색이거든요. 설마… 약속을 안 지킬 건 아니죠?"

"그게 그러니까……."

"낙장불입!"

"……?"

"저는 선생님이 약속을 지킬 거라고 믿어요."

일단 이 상황을 모면하는 것이 급선무라고 판단한 내가 재빨리 화제를 전환했다.

"수빈아, 그보다 부모님께 먼저 말씀드리자. 아까 보니까 두 분이 엄청 걱정하고 계시더라고."

"아, 깜박했다."

다행히 내 계획은 먹혔다.

채수빈은 아직 부모님께 수학 능력 시험 결과를 알리지 않았다는 것을 뒤늦게 깨닫고 당황했다.

"어서 가서 알려 드려."

"네. 빨리 가요."

채수빈이 앞장서서 계단을 내려갔다.

초조함을 이기기 힘들었을까.

채동욱은 거실에서 안주도 없이 이미 위스키를 마시고 있었다.

"아빠."

"그래, 수빈아."

"미안해요."

"아냐, 수빈이가 미안할 게 뭐가 있어? 아빠도 수빈이가 그동안 진짜 열심히 했다는 것 알고 있어. 그러니까 괜찮아. 진짜 괜찮아."

채수빈이 시험을 망쳤다고 짐작하는 채동욱은 자리에서 일어나 채수빈을 품에 안고 위로의 말을 건넸다.

'옛날 생각 나네.'

그 모습을 지켜보면서 예전에 내가 수학 능력 시험을 봤던 당시의 기억이 떠올랐을 때였다.

"아빠, 나와 했던 약속 지켜야 해요."

"약속? 무슨 약속?"

"서경대학교가 마지노선이라고 했던 약속."

"……?"

"서경대학교보다 좋은 대학에 진학하면 내가 하고 싶은 일을 무조건 지지해 주겠다고 했던 약속 말이에요."

"그 약속을 했던 것은 기억하지만……."

"세 개밖에 안 틀렸으니까… 한국대 갈 수 있을 것 같아."

채수빈의 고백에 채동욱의 말문이 일순 막혔다.

"그게… 정말이야?"

"응."

"진짜 내 딸이 한국대학교에 입학한다고?"

"그렇다니까."

"이런 일이… 이런 일이 생기다니."

눈시울이 붉어진 채동욱은 제대로 말을 잇지 못했다.

"어흐흑!"

그리고 양미향은 이미 폭풍 오열을 시작한 후였다.

"엄마, 왜 울어?"

"좋아서. 너무 좋아서……."

"울지 마. 엄마가 우니까 나도 눈물 나잖아."

"엉, 어엉!"

"히잉!"

모녀는 서로 얼싸안은 채 본격적으로 감격의 눈물을 흘리기 시작했다.

채동욱은 붉어진 눈시울을 닦을 생각도 하지 않고 양팔을 들어 올렸고.

'좋네.'

그 모습을 지켜보던 내가 흐뭇한 미소를 지었다.

만약 내가 회귀를 해서 채수빈의 과외 선생이 되지 않았다면?

채수빈이 한국대학교에 입학하는 일은 절대 없었을 것이었다.

아니, 그녀는 이미 가출해서 연예계에 진출하면서 불행해졌을 테고, 가족들과의 연도 끊어졌을 터였다.

원래라면 끊어졌어야 할 가족들과의 연을 내가 이어 준 셈.

그리고 이들이 행복해하는 모습을 보니 나도 뿌듯한 마음이 들었다.

"큼, 크흠!"

눈물바다로 변했던 거실에서 가장 먼저 정신을 차린 것은 채동욱이었다.

크게 헛기침을 한 채동욱이 내 앞으로 다가왔다.

"서 선생."

"네, 대표님."

"고맙네."

그 한마디면 충분했다.

"제가 해야 할 일을 했을 뿐입니다."

그래서 난 더 원하는 게 없었지만, 채동욱의 생각은 달랐다.

"약속은 지키겠네."

"약속… 이요?"

"인센티브 말일세."

'아!'

채수빈이 연신대 혹은 고원대 이상의 대학에 진학할 경우, 과외 선생인 내게 1억의 인센티브를 지급하는 것.

과외를 시작할 때 맺었던 계약 조건 중 하나였다.

그렇지만 난 채동욱이 먼저 이야기를 꺼내기 전까지 인센티브 조항에 대해서 까맣게 잊고 있었다.

'그사이 돈을 많이 벌긴 했네.'

황금알을 낳는 거위인 백주민은 지금 이 순간에도 엄청난 투자 수익을 거두고 있었다. 그리고 내가 지분을 보유하고 있는 연예 기획사 '블루윈드'와 투자 배급사 Now&New도 빠르게 성장하며 수백억의 가치를 인정받고 있는 상황.

그래서 그동안 인센티브 1억에 대해서 까맣게 잊고 있었던 것이었다.

"대표님."

"말하게."

"현금 1억 말고 다른 걸 주시면 안 됩니까?"

지금 내게 1억이 더 생긴다고 해서 크게 바뀔 것은 없었다.

그래서 난 채동욱에게 다른 것을 요구했다.

"다른 것? 무엇을 원하나?"

"신뢰입니다."

"신뢰?"

"대표님의 신뢰를 받고 싶습니다. 훗날 제가 어려운 상황에 처하는 일이 있을 때, 대표님이 저를 믿고 도움을 주셨으면 합니다."

"당연히 그리하겠네. 솔직히 말하면… 난 이미 서 선생을 반은 가족이라고 생각하고 있다네."

채동욱이 한쪽 눈을 찡긋하며 덧붙였다.

"자, 이렇게 좋은 날, 술 한잔 마시지 않을 수 없지. 서 선생, 가세."

식탁으로 이동한 채동욱은 본격적으로 술을 마시기 시작했다. 그리고 채동욱의 술기운이 적당히 올랐을 때, 내가 말했다.

"수빈이와 하셨던 약속, 지키실 겁니까?"

"무슨 약속?"

채동욱이 되물은 순간, 탄산음료를 마시던 채수빈이 발끈하며 말했다.

"아빠, 벌써 잊은 거야? 내가 서경대보다 좋은 대학에 입학하면 연예계 진출을 반대하지 않는다고 했잖아?"

"내가… 그런 약속을 했었나?"

채수빈이 연예계에 진출하는 것이 내키지 않는 것일까.

채동욱은 딴청을 부렸고, 채수빈의 눈빛은 매서워졌다.

그 모습을 지켜보던 내가 끼어들었다.

"대표님, 저도 들었습니다."

"응?"

"수빈이가 서경대학교 이상의 대학에 진학할 경우, 연예계 진출을 반대하지 않는다고 말씀하신 것 말입니다."

내가 지원 사격을 해 주자 채수빈은 반색했다.

반면 채동욱은 허를 찔린 표정을 짓고 있었다.

내게 원망스러운 시선을 던지는 채동욱에게 말했다.

"대표님, 투자자에게 가장 중요한 것이 무엇입니까?"

"…신뢰지."

"그런데 약속을 지키지 않으시면 안 되죠."

틀린 말이 아니기 때문일까.

채동욱은 반박하는 대신 한숨을 내쉰 후 말했다.

"약속을 지켜야 한다는 것은 알지만……."

"일단 기회는 주시죠."

"기회를 줘라?"

"대표님이 가장 우려하시는 것이 무엇입니까?"

"연예계가 워낙 험한 곳이란 것을 알고 있기 때문에 걱정이 되네."

'이래서 극구 반대했었겠지. 그로 인해 수빈이가 가출을 감행했던 거고.'

채동욱이 우려하는 바에 대해서 알게 된 내가 말했다.

"대표님 말씀처럼 연예계가 무척 험한 바닥인 것은 사실이지만… 제가 책임지고 잘 케어하겠습니다."

"서 선생이?"

"네, '블루윈드'의 신대섭 대표. 연예계에서는 드물게 믿을 수 있는 사람입니다. 신대섭 대표에게 잘 보살펴 달라고 부탁하고, 저도 직접 수빈이를 챙기겠습니다."

"서 선생이라면 믿을 수 있지."

채동욱이 고개를 끄덕인 순간, 채수빈이 소리를 질렀다.

"아아아! 나 진짜 연예계로 진출하는 거야?"

기쁨을 감추지 못하는 그녀에게 내가 말했다.

"수빈이도 조건이 있어."

"선생님, 무슨 조건인데요?"

"학업과 연예 활동을 병행한다는 것. 학점이 형편없으면 연예 활동을 중단하는 거야. 어때? 이 조건, 지킬 수 있겠어?"

'내가… 이런 말을 할 자격이 있나?'

정작 난 학점이 형편없었기에 이런 이야기를 할 자격이 있는가 하는 생각을 하고 있을 때, 채수빈이 대답했다.

"네, 지킬 수 있어요."

"약속했다?"

"약속할게요."

채수빈에게서 약속을 받아낸 후 채동욱에게 고개를 돌렸다.

"이 정도면 괜찮은 조건이지 않습니까?"

"서 선생 말대로 괜찮은 조건이군."

채동욱이 고개를 끄덕인 후 덧붙였다.

"지금까지 그랬던 것처럼 앞으로도 서 선생만 믿겠네."

*   *   *

피곤해서일까.

채수빈은 양미향과 함께 일찍 잠자리에 들었다.

식탁에 둘만 남겨진 순간, 채동욱이 입을 뗐다.

"프라임 캐피털 주필호 대표에 대해서 조사해 봤네."

"어떤 인물입니까?"

"검사 출신 사업가야."

"검사… 요?"

주필호가 검사 출신이었다는 사실은 몰랐기에 내가 뜻밖이 란 표정을 지었을 때, 채동욱이 이야기를 이어나갔다.

"부장검사 시절에 검사복을 벗었어. 그 후에는 사업가로 변 신했지. 그리고 사업가로 큰 성공을 거두면서 돈을 많이 모았 더라고."

"어떤 사업을 했습니까?"

"부용건설이라고 알아?"

"들어봤습니다."

"부용건설의 대표는 김인철이야. 그런데 실소유주는 주필호야."

'왜… 전면에 나서지 않은 거지?'

내가 의문을 품은 순간, 채동욱이 덧붙였다.

"부용건설만이 아냐."

"네?"

"삼일건설, 대동건설, 해원건설. 혹시 들어 본 적 있나?"

"처음 들어 봅니다."

내 대답을 들은 채동욱이 설명을 더했다.

"지방에서는 꽤 이름이 알려진 건설사들인데… 이 건설사들의 실소유주 역시 주필호야."

'엄청난 부자로구나!'

새삼 주필호가 부자라는 사실을 깨달았던 내가 의문을 품었다.

첫 번째 의문은 주필호가 사업을 시작하기 전에 검사였다는 점이었다.

검사는 주로 범죄자들을 상대하는 직업.

그런 그가 검사복을 벗고 사업에 뛰어들어 바로 큰 성공을 거두었다는 것은 분명 특이한 이력이었다.

그렇지만 내가 품었던 첫 번째 의문은 채동욱의 설명 덕분에 금세 풀렸다.

"주필호가 실소유자인 건설사들에는 공통점이 있어. 초기에 관급 공사를 독점하다시피 하면서 빠르게 성장했다는 점이야.”

'관급 공사를 독점했다?'

국가와 지자체에서 시행하는 관급 공사를 따내는 것.

엄청난 메리트였다.

그래서 관급 공사를 따내기 위한 건설사들의 경쟁은 치열하다고 알고 있었다.

그런데 주필호가 실소유자인 건설사들이 관급 공사들을 독점하다시피 했다는 것.

우연일 리 없었다.

“뒷배가 있습니까?”

그래서 내가 묻자, 채동욱이 고개를 끄덕였다.

“홍정문 의원을 알고 있나?”

“국회 의원 홍정문 말입니까?”

“서 선생도 알고 있군. 5선 의원이고, 국무총리도 역임한 적이 있지.”

“혹시 홍정문 의원이 주필호의 뒷배인 겁니까?”

“맞아.”

짐작이 맞다는 것을 알게 된 순간, 난 혀를 내밀어 바싹 마른 입술을 적셨다.

주필호의 뒷배가 예상보다 훨씬 더 막강했기 때문이었다.

“홍정문 의원은 '나라 바로 세우기'라는 친목 모임의 회장을 맡고 있어. 3선 이상 의원들만 가입할 수 있는 친목 모임이라고 알려져 있는데 실상은 사조직이지. 그리고 이번에 조사하면서 알게 된 건데 '나라 바로 세우기'라는 사조직의 영향력이 아주 막강하더라고. 솔직히 말하면 나도 깜짝 놀랐을 정도야."

채동욱의 표정은 딱딱하게 굳어 있었다.

"이 나라를 좌지우지할 수 있을 정도였어."

"그 정도입니까?"

"그래, 그들이 마음만 먹으면 대통령도 고를 수 있을 거야."

"그럼… 주필호도 '나라 바로 세우기'라는 사조직의 일원인 겁니까?"

"정식 멤버는 아냐. 아까도 말했듯이 '나라 바로 세우기'는 전현직 의원들만 가입할 수 있으니까. 아마… 주필호는 홍정문 의원 라인일 거야."

"라인… 이요?"

"'나라 바로 세우기'가 학계와 재계, 언론계까지 영향력을 끼칠 수 있는 이유는 홍정문 의원이 수족처럼 부리는 인물들이 대한민국 곳곳에 포진해 있기 때문이야. 그들이 홍정문 의원 라인인 거지."

'주필호는… 왜 갑자기 영화 사업에 뛰어들었을까?'

첫 번째 의문이 해소된 순간, 두 번째 의문이 깃들었다.

건설 사업으로 큰 성공을 거둔 주필호가 프라임 캐피탈이란 투자 회사를 세워서 갑자기 영화 사업에 뛰어든 이유를 알아낼 필요가 있었다.

'뭘까?'

그 이유에 대해서 고심하던 내가 퍼뜩 떠올린 인물은… 최진국이었다.

고원대학교 역사학과 교수 최진국.

그를 직접 만난 적은 없었다.

하지만 간접적으로 인연이 있었다.

최진국 교수가 출제 위원으로 참여했던 수학 능력 시험에서 그가 출제한 문제의 답안이 하나가 아니라 둘이라는 이의 제기를 했던 것이 바로 나였다.

"솔직히 말하면 자네에게 고마웠네. 난 이번 수능 출제 위원이었던 고원대 최진국 교수를 좋아하지 않거든. 아니, 좋아하지 않는 정도가 아니라 무척 싫어하지. 그런데 자네 덕분에 최진국 교수에게 보기 좋게 한 방 먹일 수 있었으니 어찌 고마워하지 않을 수 있겠나? 내가 최진국 교수를 싫어하는 이유는 그가 집필한 '한국 독립운동의 계보'라는 책 때문이네. 그 책은 독립운동가들의 활동을 소개하는 게 주요 내용이야. 취지는 아주 좋아. 그런데 내가 마음에 안 드는 것은 저자인 최진국 교수가 그 책에서 친일파들을 독립운동가로 탈피시키고 있다는 점이야. 일종의 신분 세탁을 시켜 주는 셈이지. 친일파 후손들로부터 연구비를 지원받으면서 이런 몹쓸 짓을 하는 거지. 그리고 최진국 교수만이 아니야. 대한민국에는 친일 사관에 취해서 전범국인 일본을 위해서 일하는 역사학자들이 아주 많아. 난 그들과 끝까지 맞서 싸울 걸세."

그리고 한국대학교 역사학과 교수인 강대집 교수는 최진국 교수가 친일 사관을 가진 역사학자라고 맹비난을 퍼부었었다.

'어쩌면······?'

한 가지 가능성이 퍼뜩 떠오른 순간, 난 오랜만에 강대집 교수를 찾아가기로 결정했다.

*   *   *

똑똑.

노크를 하자, 강대집 교수의 담담한 목소리가 들려왔다.

"들어오게."

교수실 문을 열고 들어가자, 지난번에 만났을 때에 비해 흰머리가 부쩍 늘어난 강대집 교수가 날 반갑게 맞이했다.

"서진우 군, 어서 오게."

"교수님, 오랜만에 뵙습니다. 그동안 잘 지내셨습니까?"

"걱정해 준 덕분에 잘 지냈네."

편안한 미소를 머금은 채 대답한 강대집 교수가 불쑥 물었다.

"이제 결심이 선 건가?"

"네?"

"자네라면 친일 사관을 가진 학자들과, 또 역사를 왜곡하려는 일본과 맞서 싸우는 데 있어서 큰 역할을 맡아 줄 거라고 확신해. 그래서 자네가 날 도와줬으면 하네."

"……?"

"지난번에 내가 했던 제안이야. 이 제안에 대해서 결심이 섰기 때문에 날 찾아온 것 아닌가?"

강대집 교수의 이야기를 듣고 난 후에야 그때 그가 이런 제안을 했던 것이 기억이 났다.

"저를 좋게 평가해 주셔서 감사합니다. 하지만⋯ 저는 다른 방식으로 싸우겠습니다. 저는 저만의 방식으로 일본과 맞서 싸우겠습니다."

그리고 당시에 내가 했던 대답도 기억이 났고.

"학점이 형편없더군."

그때, 강대집 교수가 말했다.

'틀린 말은 아니지.'

내 학점이 형편없는 것은 부인할 수 없는 사실.

그렇지만 그게 부끄럽지는 않았다.

공부 대신 다른 것에 집중하는 선택을 내렸기 때문에 발생한 결과였고, 난 그걸 후회하지 않았다.

"제 학점이 형편없다는 건 어떻게 아셨습니까?"

그래서 당당하게 묻자, 강대집 교수가 대답했다.

"관심이 있으면 다 알 수 있는 법이지. 학점이 형편없는 걸 보고 법학과 공부에 흥미를 못 느낀다는 걸 짐작했지. 그리고 날 다시 찾아왔으니 이제 역사학과로 전과하기로 결심이 선 게 아닌가 하는 생각을 했던 거야."

'나름 합리적인 추론이네.'

내가 속으로 생각하며 입을 뗐다.

"아직 결정을 못 내렸습니다. 좀 더 고민해 보겠습니다."

"아직 결정을 못 내렸다? 아쉽군."

강대집 교수는 아쉬운 기색을 굳이 감추지 않고 드러내며 물었다.

"그럼 서진우 군이 날 찾아온 이유는 무엇인가? 그냥 안부 인사차 찾아온 건가?"

"교수님께 여쭤보고 싶은 게 있어서 찾아왔습니다."

"내게 묻고 싶은 게 있다? 뭐가 궁금한가?"

"혹시 '나라 바로 세우기'라는 모임에 대해서 아십니까?"

"서진우 군이 그 모임을 어떻게 알고 있나?"

강대집 교수가 깜짝 놀란 표정으로 되물었다.

"우연히 알게 됐습니다. 혹시 고원대학교 최원국 교수도 '나라 바로 세우기'라는 모임과 연관이 있습니까?"

"연관이… 있네."

'내 예상이 맞았네.'

예상과 다르지 않은 대답을 꺼냈던 강대집 교수가 덧붙였다.

"난 그 명칭이 마음에 안 드네."

"'나라 바로 세우기'라는 모임의 명칭이 마음에 들지 않는다는 뜻입니까?"

"그래. '나라 거꾸로 세우기'라는 명칭이 더 어울리는 모임이거든."

"……?"

"친일파 후손들이 주축인 모임이야. 한번 살펴보게."

강대집 교수가 책 한 권을 빼내서 내 앞으로 내밀었다.

― 한국 독립운동의 계보.

이미 알고 있는 책이었다.

최원국 교수가 집필한 책을 건네받자마자, 강대집 교수가 말했다.

"5페이지를 펼쳐 보게."

그가 시키는 대로 5페이지를 펼치자, 낯익은 명칭이 보였다.

(이 책은 '나라 바로 세우기'의 지원을 받아 집필했습니다.)

내가 그 문구에서 시선을 떼지 못하고 있을 때, 강대집 교수가 다시 입을 뗐다.

"이게 '나라 바로 세우기'라는 모임이 하는 일 중 하나야. 친일 사관을 갖고 있는 역사학자들에게 지원금을 주고 친일파를 미화하는 책을 집필하거나 연구를 진행하도록 하는 거지."

강대집 교수의 설명 덕분에 '나라 바로 세우기'라는 모임의 실체에 대해서 명확하게 알 수 있었다. 그리고 실체를 알고 나자, 갑자기 영화 사업에 뛰어든 주필호의 의도가 읽히기 시작했다.

'영화를 이용해서… 친일 사관을 심으려는 거야.'

'그를 죽여라'와 '밀정을 고하라'.

돌연 영화 사업에 뛰어들었던 주필호가 투자와 배급을 해서 제작하려는 작품들이었다.

그리고 이 두 작품들에는 공통점이 있었다.

작중에서 친일파로 잘 알려진 인물들을 독립군을 돕는 인물들로 설정한 것이었다.

'영화의 힘을 이용하는 거야!'

영화에는 힘이 있다.

관객들은 이 영화들을 보고 난 후, 친일파로 알려진 인물들을 독립운동을 한 인물이라 여길 것이었다.

이런 영화들이 계속 제작되어 개봉하다 보면, 친일파들과 독립운동을 한 인물들의 경계가 모호해질 터.

비로소 영화 사업에 뛰어든 주필호의 의도를 파악한 내가 표정을 굳혔을 때였다.

"좀, 아니, 많이 놀랐네."

강대집 교수가 불쑥 말했다.

"왜 놀라신 겁니까?"

"저는 다른 방식으로 일본과 맞서 싸우겠습니다. 그때 서진 우 군이 했던 말을 지켰기 때문에 놀랐네."

'기억하고 있었네.'

강대집 교수가 당시에 나와 나누었던 대화를 기억하고 있다는 것을 깨닫고 희미한 웃음을 머금었던 내가 고개를 갸웃했다.

'언제 지켰다는 거지?'

그가 내가 했던 말을 지켰다고 말한 것에 의아함을 느꼈기 때문이었다.

그때, 강대집이 덧붙였다.

"펜싱 국가대표로 아시안 게임에 출전해서 일본을 상대로 맞서 싸울 거라고는 꿈에도 예상치 못 했거든."

'아!'

펜싱 남자 샤브르 종목 단체전 결승 상대는 일본이었다.

당시 한국 팀은 일본 팀을 꺾고 금메달을 획득했었고, 강대집 교수는 내가 결승전에서 일본을 꺾는 데 결정적인 역할을 했던 것을 언급한 것이었다.

'오해하고 계시네.'

잠시 후, 내가 쓴웃음을 머금었다.

당시에 강대집 교수에게 다른 방식으로 일본과 맞서 싸우겠다는 이야기를 꺼내긴 했었다.

하지만 그때만 해도 난 펜싱을 할 생각이 전혀 없었다.

내가 말했던 다른 방식은… 문화를 이용해서 일본과 맞서 싸우는 것이었다.

"교수님."

"말하게."

"제가 영화 쪽 일을 하고 있습니다."

내가 영화 쪽 일을 하고 있다는 사실을 밝히자, 강대집 교수가 고개를 끄덕였다.

"대충은 알고 있네. 서진우 군이 '텔 미 에브리씽'이란 영화의 시나리오를 썼다는 걸 알고 많이 놀랐었지."

'정말… 대충 알고 계시네.'

그렇지만 이건 강대집 교수를 탓할 계제가 아니었다.

영화 제작사 레볼루션 필름의 대표로서 여러 흥행 작품을 배출했지만, 주목받은 것은 공동 제작을 했던 유니버스 필름 이현주 대표였다.

난 의도적으로 스스로를 드러내지 않았던 것이었다.

Now&New의 경우도 비슷했다.

기존 메이저 투배사들의 아성을 위협할 정도로 Now&New로 가파르게 성장했다.

그렇지만 주목받은 것은 Now&New의 대표 이사인 한우택이었다.

난 Now&New의 지분만 보유하고 있었기에 내 존재는 드러나지 않은 것이었다.

즉, 영화계 종사자가 아닌 강대집 교수가 나에 대해 알 수 있는 것은 각본 크레딧에 이름이 올라간 '텔 미 에브리씽'뿐이었다.

"시나리오도 썼지만, 영화 제작과 투자와 배급에도 관여하고 있습니다."

"서진우 군이 영화 제작도 한다고?"

"네."

"실제로 제작한 영화도 있나?"

"'텔 미 에브리씽', 'IMF', '살인의 기억'이 제가 제작한 영화들입니다."

강대집 교수가 입을 쩍 벌렸다.

영화업계 종사자가 아니더라도 강대집 교수 역시 이 세 편의 영화에 대해서는 알고 있을 터였다.

흥행에 성공했고, 화제성도 컸던 작품들이었기 때문이었다.

그리고 이것이 강대집 교수가 깜짝 놀란 이유였고.

"정말… 서진우 군이 그 영화들을 제작했나?"

"제가 교수님께 거짓말을 할 이유가 없지 않습니까?"

"그렇긴 하지."

"그뿐이 아닙니다."

"더 있나?"

"혹시 Now&New라는 투자 배급사를 아십니까?"

"아까 서진우 군이 제작했다고 말했던 '살인의 기억'의 투자와 배급을 맡았던 투자 배급사가 아닌가? 근래 들어 기사가 자주 나와서 기억하고 있네. 그런데 갑자기 Now&New라는 투자 배급사에 대한 이야기를 하는 이유가 뭔가?"

"제 회사나 다름없습니다."

"응?"

"제가 Now&New의 지분을 대부분 보유하고 있으니까요."

강대집 교수의 말문이 재차 막혔다.

"…내 짐작보다 훨씬 대단하군."

그는 한참 만에 감탄한 표정으로 입을 뗐다.

그렇지만 내가 성공한 영화 제작자이자, 잘나가는 투자 배급사 Now&New의 실소유주란 사실을 밝힌 이유는 자랑하기 위해서도, 강대집 교수를 놀라게 만들기 위해서도 아니었다.

진짜 이유는 따로 있었다.

"덕분에 제가 영화업계 사정은 잘 알고 있습니다. 그런데 최근 들어서 수상한 움직임이 포착됐습니다."

"수상한 움직임이라니?"

"주필호란 인물이 메이저 투배사들에게 거액을 투자했습니다. 그리고 말도 안 되는 영화에 투자를 해서 개봉시키려는 시도를 하고 있습니다."

"말도 안 되는 영화라면… 흥행 가능성이 낮은 영화를 말하는 건가?"

"그건 아닙니다."

"그럼……?"

"제작돼서는 안 될 영화를 말씀드린 겁니다."

"제작돼서는 안 될 영화?"

"예를 들면 이런 작품입니다."

내가 가방에서 '밀정을 고하라' 시나리오 책을 꺼내서 탁자 위에 올려놓자, 강대집 교수가 흥미를 드러냈다.

"밀정이란 단어가 제목에 등장한 걸 보니 일제 강점기가 배경인 작품인가 보군."

"그렇습니다."

"그런데 서진우 군은 왜 이 작품이 제작돼서는 안 되는 영화라고 말했던 건가?"

"주원봉이 밀정으로 가장한 채 진짜 밀정을 찾아내서 독립군을 도왔다는 내용이 등장하기 때문입니다."

강대집 교수는 저명한 역사학자.

구구절절 설명할 필요는 없었다.

그런 내 예상대로였다.

"그게 무슨 말도 안 되는 궤변인가?"

강대집 교수는 평온한 기색을 지우고 진심으로 분노했다.

"주원봉은 친일파야. 이건 절대 바뀔 수 없는, 또 바뀌어서
도 안 되는 사실이야. 그런데 주원봉이 독립군을 도왔다는 게
말이 된다고 생각하나?"

"저도 말이 안 된다고 생각합니다. 그래서 아까 이 작품이
절대 제작돼서는 안 된다고… 아니, 작품이란 표현을 사용하
는 것도 과하다는 생각이 드네요. 이런 쓰레기 같은 영화는
절대 제작이 돼서는 안 된다고 말씀드린 겁니다."

나 역시 그의 분노에 동조하며 덧붙였다.

"문제는 이 영화가 개봉해서 흥행에 성공할 경우에 발생합
니다."

"……?"

"역사에 대해서 무지하거나 관심이 없는 어린 친구들은 이
영화를 보고 주원봉이 친일파가 아니라 독립운동을 도왔던
사람으로 기억할 것이기 때문이죠."

강대집 교수의 표정이 딱딱하게 굳어진 순간, 내가 말을 이
었다.

"더 큰 문제는 '밀정을 고하라'가 끝이 아니라 시작이라는

점입니다. 앞으로 친일파들을 독립운동을 한 인물로 신분 세탁 하려는 시도를 하고 있는 작품들이 계속 등장할 겁니다."

"…막아야지. 무슨 일이 있어도 막아야지."

잠시 후, 강대집 교수가 비장한 표정으로 말했다.

"그런데 막기가 쉽지 않습니다."

"왜 막기 어렵다는 건가?"

"주필호가 거액을 투자해서 메이저 투배사들을 장악한 상태이기 때문입니다."

"자본의 논리다?"

"네, 투자 결정권을 손에 쥐었죠."

아낌없이 자금을 퍼부어서 메이저 투배사들의 지분을 확보한 주필호는 어떤 작품에 투자할지 결정할 수 있는 권한을 손에 쥐었다.

그런 그를 내가 막을 수 있는 방법은 없었다.

그리고 이것이 내가 강대집 교수를 찾아와서 구구절절 상황을 설명하는 이유였다.

"그럼… 이런 영화들이 개봉하는 것을 막을 수 있는 방법이 없다는 건가?"

"현실적으로는 어렵습니다."

"하아!"

안타깝고 분한 마음에 탄식성을 내뱉는 강대집 교수에게 내가 덧붙였다.

"어떻게 막을 수 있을 방법이 없을까? 그동안 계속 고민해 본 결과… 유일한 방법은 여론이란 결론을 내렸습니다."

"여론?"

"네. 여론을 움직여야 합니다."

"어떻게 말인가?"

"교수님처럼 권위 있는 분들이 앞장서서 영화를 이용해서 친일파를 독립운동가로 신분 세탁을 하려는 시도가 있다는 것을 알려 주셔야 합니다. 그럼 여론이 움직일 테고, 그때는 여론에 밀려서 영화 제작이 무산될 수도 있습니다."

"가능… 할까?"

"저도 모르겠습니다. 다만……."

"다만 뭔가?"

"막을 수 있는 가능성이 있다면 시도는 해 보는 게 맞다고 생각합니다."

지금까지 한 말은 빈말이 아니었다.

주필호를 막을 수 있는 방법은 현실적으로 없었다.

자본의 논리가 작동하고 있기 때문이었다.

유일한 방법은 여론을 움직여서 주필호의 시도를 막는 것.

하지만 여론을 움직이는 것은 쉽지 않다.

권위 있는 사람들이 앞장서서 움직여야만 여론도 움직일 수 있다.

강대집 교수는 저명한 역사학자.

그리고 평생을 친일 사관을 가진 자들과 맞서 싸워 온 분이었다.

'교수님이 앞장서서 움직인다면, 여론이 움직일 가능성도 있다!'

이렇게 판단을 내렸기 때문에 강대집 교수를 찾아와서 도움을 청한 것이었다.

"교수님께서 도와주시겠습니까?"

심각한 표정으로 입을 꾹 다물고 있던 강대집 교수가 천천히 고개를 끄덕였다.

"부끄럽군."

"네?"

"이런 끔찍한 시도가 물밑에서 벌어지고 있었는데, 그동안 낌새조차도 알아채지 못했다는 것이 부끄러워. 그리고… 내가 먼저 나서서 했어야 할 일을 아직 학생인 서진우 군에게 맡겼다는 것도 부끄러운 일이고."

강대집 교수가 자책한 후 덧붙였다.

"해 보세. 무슨 수를 써서라도 막아야 하는 일이니까."

"도와주셔서 감사합니다."

"아닐세. 내가 당연히 해야 할 일을 하는 거야."

강대집 교수에게서 확답을 받아낸 내가 자리에서 일어났다.

"다음 일정이 있어서 먼저 일어나겠습니다."

"그래."

"다시 찾아뵙겠습니다."

"자주 보세. 그리고… 이제 이해가 가는군."

"뭐가 이해가 가신다는 겁니까?"

"서진우 군 학점이 형편없었던 이유 말이야. 그럴 만했어."

강대집 교수가 희미한 미소를 머금은 채 덧붙였다.

"그리고 약속 지켜 줘서 고맙네."

"……?"

"지금까지 나와는 다른 방식으로 일본과 맞서 싸우고 있었으니까."

＊　　　＊　　　＊

마포에 위치한 갈빗집 앞에 도착한 양해걸이 가쁜 숨을 몰아쉬며 손목시계를 확인했다.

"다행히 안 늦었네."

천태범과 만나기로 약속한 시간은 오후 7시.

차가 막혀서 걱정했는데 약속 시간에 늦지 않게 도착한 것에 안도하며 양해걸이 갈빗집 내부를 살폈다.

벌써 도착해서 구석 쪽 탁자 하나를 차지하고 앉아 있는 천태범을 발견한 양해걸이 다가갔다.

"천 검, 나 안 늦었다."

천태범의 까칠한 성격에 대해서 잘 알고 있기에 약속 시간에 늦지 않았다는 것부터 강조했을 때였다.

"검사복 벗은 지가 벌써 옛날인데 아직도 천 검이야?"

"어, 미안. 입에 붙어서 실수했네."

"됐고. 왔으면 빨리 앉아."

"오랜만이다."

"그러니까 말이다."

"변호사 되니까 좋네. 이렇게 얼굴도 보고 말이야."

천태범과는 대학 동기.

학과는 달랐지만, 독서 동아리에서 만나서 친해진 사이였다.

대학생 시절에는 일주일에 한 번은 꼭 만나서 술을 마실 정도로 친하게 지냈지만, 천태범이 검사가 된 후에는 거의 만나지 못했다.

천태범이 딱 연락을 끊어 버렸기 때문이었다. 그리고 연락을 끊어 버린 이유는 검사 생활 하는 동안 청탁을 받지 않기 위해서였다.

그렇지만 천태범이 검사복을 벗은 후에는 상황이 달라졌다.

더 이상 청탁을 걱정할 필요가 없어져서일까.

천태범이 먼저 연락했고, 덕분에 이렇게 다시 만나게 된 것이었다.

Chapter. 4

　물론 천태범 입장에서는 검사복을 벗은 것이 많이 아쉬울 것이었다.

　양해걸이 보기에도 천태범은 검사가 천직이었으니까.

　하지만 양해걸 입장에서는 천태범이 검사복을 벗은 게 좋았다.

　덕분에 옛날 친구를 다시 만날 수 있게 됐으니까.

　"그럼 앞으로는 천 변이라고 불러야 하나?"

　"부르고 싶은 대로 불러. 혹시 무슨 일 있으면 부담 갖지 말고 연락하고."

　"검사 시절에는 연락하지 말라고 역정을 내더니, 이제는 부담 없이 연락하라고 말하는 걸 보니 변호사 되고 많이 변하긴 했네."

"사람 됐지."

"잘 아네. 얼굴 좋아 보인다?"

"요새 나쁘지 않네."

"그래?"

"따박따박 월급 받아먹고 사는 생활도 나쁘지 않더라고. 하는 일에 비해서 월급도 많이 받는 편이고."

"그럼 오늘 술은 네가 사."

양해걸이 기회를 놓치지 않고 계산을 떠넘기려 했지만, 천태범은 만만치 않았다.

"야, 월급은 나만 받아? 너도 꼬박꼬박 월급 받잖아. 피디 연봉 높다고 소문이 파다하더구만."

"그래도 변호사만큼이야 되겠어?"

"앓는 소리 하는 건 대학 때나 지금이나 똑같네. 알았다. 고기, 내가 산다. 사!"

천태범이 계산을 맡겠다고 선언한 후 소주병을 들어 올렸다.

쪼르륵.

양해걸이 들어 올린 잔을 채우며 천태범이 물었다.

"넌, 요새 어때?"

"죽을 맛이야. 옛 같아서 하루에도 몇 번씩 사표 쓰고 뛰쳐나오고 싶다는 충동이 일어난다."

"자식, 또 앓는 소리 한다. 그리고 교육 방송에서 근무하는 놈이 말본새가 그게 뭐냐? 우리나라 교육의 미래가 참으로 어둡다."

"그럼 엿같은 걸 엿같다고 하지. 뭐라 그럴까?"

"적성에 안 맞고 기분 상하는 일이 잦아서 자주 사표를 쓰고 싶다는 충동이 일어난다."

"……?"

"이렇게 하면 되잖아?"

"넌 변호사가 아니라 교육자가 체질이었던 것 아냐?"

"듣고 보니 그런 것 같기도 하네. 그런데 교육자는 안 할란다."

"왜?"

"변호사 월급이 더 많거든."

천태범이 픽 웃으며 대답한 후 술잔을 내밀었다.

채앵.

건배하고 소주잔을 비운 양해걸에게 천태범이 물었다.

"사표 집어 던지고 나오고 싶을 정도로 힘들어?"

"그렇다니까. 애들만 아니었다면 진즉에 사표 던졌을 거야."

"뭐 때문에 그렇게 힘든데?"

"힘든 이유야 많지. 방송국 개국한 지 얼마 안 돼서 일도 많고, 상사들은 앞뒤가 꽉 막혀서 말이 안 통하고, 그중에서 가장 힘든 게 뭔지 알아?"

"뭔데?"

"내 맘대로 할 수 있는 게 아무것도 없다는 거야."

양해걸이 한숨을 내쉬며 대답했다.

개국 초기라 일이 많을 것은 이미 예상한 사안이었다.

앞뒤 꽉 막힌 상사들이랑 일하는 게 이번이 처음도 아니었고.

그래서 이런 것들은 참고 버틸 만했다.

하지만 회사 내에서 자신의 뜻을 펼칠 수 있는 길이 막혀 있는 것은 참기 힘들었다.

"뭘 하고 싶은데?"

천태범이 던진 질문에 양해걸이 소주잔을 매만지며 입을 뗐다.

"우리 집 둘째가 몇 살인지 알아?"

"한 일곱 살쯤 됐나?"

"그건 첫째고. 둘째는 지금 네 살이야."

"한창 예쁠 때네."

"그래, 눈에 넣어도 안 아플 정도야. 그리고 우리 애들한테 보여 주고 싶은 프로그램을 만들겠다는 신념으로 교육 방송으로 이직한 거고. 그런데 딱히 볼 만한 프로그램이 마땅치 않아. 별반 달라진 게 없다는 뜻이지."

"무슨 뜻이야?"

"여전히 볼 만한 프로그램이 없다는 거야."

"······?"

"한국 업체들이 유아들을 타깃으로 제작한 애니메이션도 잘 만든 게 꽤 있어. 난 그런 애니메이션을 편성해서 애들한테 보여 주고 싶어. 예를 들면 이번에 편성 회의에 들어왔던 '포로로 월드' 같은 작품 말이야."

양해걸이 무심코 말하던 도중에 아차 했다.

자신은 당연히 알고 있지만, 천태범은 '포로로 월드'라는 작품을 전혀 모를 것이란 데까지 생각이 미쳐서였다.

"아, 미안. '포로로 월드'가 뭔지 모를 텐데 내가 신경을 못 썼다. 우리 쪽 편성 회의에 올라왔던 유아용 애니메이션인데······."

"알아."

"응?"

"'포로로 월드', 알고 있다고."

"그걸 천 변이 어떻게 알아?"

"나와 잘 아는 사람이 '포로로 월드'를 제작했거든."

"그게··· 정말이야?"

"그래."

"능력 있는 사람이네."

"그렇게 말하는 걸 보니까 괜찮게 봤나 보네?"

"응. 아주 좋았어."

양해걸이 솔직하게 대답했다.

그가 편성에서 올릴 작품을 고르는 기준은 하나.

둘째 딸 소은이에게 보여 줬을 때 유익한가, 그리고 좋아할 만한 작품인가, 였다. 그리고 '포로로 월드'는 그 기준을 충족시켰다.

하지만 아쉽게도 '포로로 월드'는 편성 회의에서 통과하지 못하고 물을 먹었다.

"아쉽게도 편성 회의는 통과하지 못했지만."

그래서 양해걸이 덧붙인 순간, 천태범이 질문했다.

"넌 좋게 봤다고 했는데… 왜 편성 회의에서 통과하지 못한 거야?"

"내가 힘이 없으니까."

"응?"

"국장님한테 강하게 추천했는데 안 먹히더라고."

"국장이 반대한 이유가 뭔데?"

"알고 보니 이미 내정된 작품이 있었더라고."

"내정된 작품?"

"응. '마법사 도레미'란 작품이 내정돼 있었어."

"처음 들어보는데?"

"일본에서 꽤 인기가 있었던 애니메이션이야. 그걸 수입해서 번역한 애니메이션을 편성하기로 이미 얘기가 돼 있었던 상황이었던 거지."

양해걸이 상황 설명을 마친 순간, 천태범이 물었다.

"네가 보기엔 어때?"

"뭘 묻는 거야?"

"'포로로 월드'와 '마법사 도레미', 두 작품 중에 어느 쪽이 더 나은 것 같아?"

"당연히 '포로로 월드'지."

"한국 작품이라서 가산점을 부여한 것 아냐?"

"그런 것 아냐. 객관적으로 봐서 '포로로 월드'가 더 나아. 게다가 '마법사 도레미'는 결정적인 약점이 있어."

"그 결정적인 약점이 뭔데?"

"폭력성이 너무 강해. 유아들이 보기에는 적합하지 않아."

양해걸이 우려하는 바를 밝힌 순간, 천태범이 소주병을 들어 올렸다.

"한잔 더 해."

"좋지."

"아까 '마법사 도레미'가 편성되기로 내정이 돼 있었다고 했지? 국장이 결정한 거야?"

"국장의 결정이 아냐. 황 국장은 꼭두각시거든."

"꼭두각시?"

양해걸이 잔에 남은 술을 비운 후 대답했다.

"대표님이 시키는 대로 하는 꼭두각시라고."

*　　　　　*　　　　　*

"무섭다."

약속 장소인 해장국 집에서 만나자마자, 천태범은 인사도 건너뛰고 무섭다는 말부터 꺼냈다.

"누가 무서운 겁니까?"

"서 이사."

"저요?"

"그래, 서 이사가 연락할 때마다 심장이 철렁 내려앉을 정도로 무서워."

한껏 엄살을 부리는 천태범에게 내가 질문했다.

"무슨 죄 졌습니까?"

"죄 졌지."

"무슨 죄를 지으셨는데요?"

"월급 축내는 죄."

천태범이 본인이 저지른 죄를 이실직고한 후 덧붙였다.

"그래서 밥값 못 한다는 사유로 해고 통보를 할까 봐 서 이사가 연락할 때마다 무서워."

그런 그에게 내가 말했다.

"제 돈 아닙니다."

"그렇지만······."

"손진경 대표 부자입니다. 천 변호사님이 월급 축내는 것까지 신경 쓸 정도로 한가하지도 않을 거고요."

"그럼 다행이고. 그러고 보니 요새 좀 바쁜 것 같더라. 회사에서 못 본 지 꽤 됐어."

"정신없을 겁니다. 백화점 하나만 운영하는 것과 그룹을 전부 맡아서 운영하는 것은 천지 차이일 테니까요."

동화그룹 회장이었던 손태백은 은퇴를 선언하며 경영에서 손을 뗐다. 그리고 그가 동화그룹을 이끌어갈 후계자로 지목한 사람은 손진경이었다.

아니, 좀 더 정확히 표현하면 손태백이 손진경을 후계자로 지목한 것이 아니었다.

손진경이 손진수와의 후계 구도 싸움에서 승리하면서 스스로의 힘으로 동화그룹을 차지한 것이었다. 그리고 손진경이 후계 구도 싸움에서 오빠인 손진수에게 승리를 거두는 데 있어서 결정적인 역할을 한 것이 바로 JK미디어였다.

조보안과 이창성,

JK미디어에 소속된 두 가수들이 큰 인기를 얻으면서 엄청난 매출을 올렸기 때문에 동화건설 대표인 손진수와 압도적으로 격차를 벌릴 수 있었던 것이었다.

"그렇긴 하겠네."

천태범은 여전히 불안한 표정을 짓고 있었다.

그런 그를 안심시켜 주기 위해서 내가 입을 뗐다.

"그리고 밥값 충분히 하셨습니다."

"누가? 내가?"

"네."

"언제 밥값을 했다는 거야?"

"양해걸 피디를 만나셨잖습니까?"

교육 방송 양해걸 피디와 천태범이 대학 동기라는 사실을 알게 된 것은 말 그대로 우연이었다.

굳이 그럴 필요가 없다고 여러 차례 사양했는데도 불구하고, 조동재 검사는 소개팅해 준 것이 고맙다며 굳이 밥을 사겠다고 고집을 피웠다.

결국 조동재 검사의 고집을 이기지 못하고 만나서 밥을 먹던 도중에 얼마 전 개국한 교육 방송이 대화 주제로 올랐었다.

"교육 방송에 천 변호사님 친구가 한 명 다니고 있는 걸로 알고 있는데?"

그때, 조동재 검사가 했던 이야기.

덕분에 천태범의 친구인 양해걸 피디가 교육 방송 쪽에서 일한다는 사실을 알 수 있었다.

만약 내가 양해걸 피디를 찾아가서 '포로로 월드'가 편성을 받지 못한 이유에 대해서 캐묻는다면?

양해걸 피디는 경계심을 느끼며 대답을 피하리라.

그렇지만 천태범이라면 달랐다.

두 사람은 오랜 친구인 데다가 천태범의 직업은 변호사.

술을 마시는 와중에 자연스레 그와 관련된 대화를 나누게
되더라도 의심하지 않을 테고 대답도 피하지 않을 가능성이
높았다.

내 입장에서는 무척 좋은 기회.

그래서 난 천태범에게 양해걸 피디를 만나 달라고 부탁했
고, 이제 만남의 결과를 들을 차례였다.

"서 이사, 너무 기대하지 마. 별 이야기 없었으니까"

부담스러운 걸까.

천태범이 손사래를 치며 말한 순간, 내가 고개를 가로저었
다.

"그건 제가 판단하겠습니다."

"그렇게 말하는 게 더 부담되거든."

천태범이 툭 쏘아붙인 후 입을 뗐다.

"서 이사 부탁대로 편성 회의를 대화 주제로 올렸더니 해걸
이가 먼저 '포로로 월드'라는 작품에 대한 이야기를 했어. 그
리고 해걸이는 '포로로 월드'라는 작품이 마음에 들었대. 그래
서 편성 회의에서 강하게 추천했다고 해."

'실력 있네.'

천태범의 대학 동기이자 친구라는 양해걸 피디에 대해서
난 알고 있는 정보가 거의 없다.

그렇지만 '포로로 월드'를 마음에 들어 해서 편성 회의에서

강추했다는 사실을 전해 듣자 호감이 생겼다.

'따로 자리를 마련해서 한번 만나 봐야겠네.'

내가 속으로 생각할 때, 천태범이 이야기를 이어 나갔다.

"그런데 이미 편성하기로 내정된 작품이 있었다고 해."

"그 내정된 작품이 '마법사 도레미'였군요."

이미 '마법사 도레미'가 편성을 통과해서 방송을 앞두고 있는 상황이었기에 이 정도 추측은 가능했다.

"맞아."

천태범이 그 추측이 맞다고 대답한 순간, 내가 눈살을 찌푸렸다.

'왜… 하필 일본 애니메이션이지?'

편성된다는 소식을 듣고 '마법사 도레미'를 일부러 구해서 보았다. 그리고 작품이 일본에서 큰 인기를 누린 데는 그만한 이유가 있었다.

분명 재밌고 좋은 작품이었으니까.

그렇지만 계속 마음에 걸리는 것은 '마법사 도레미'가 일본 애니메이션이란 점이었다.

물론 머잖아 총성 없는 전쟁이라 할 수 있는 콘텐츠 전쟁이 발발한다는 사실을 이미 난 알고 있었다.

그때는 콘텐츠를 어느 나라에서 제작했느냐 따위는 중요치 않았다.

얼마나 좋은 콘텐츠인가?

또 얼마나 경쟁력을 갖춘 콘텐츠인가?

이 두 가지만이 승패를 가르는 중요한 요인이 됐다.

그 사실을 잘 알고 있음에도 내가 이런 의아함을 품은 이유는 특수성이 존재했기 때문이었다.

교육 방송은 막 개국한 상황.

첫발을 떼는 과정에서 어떤 작품을 편성해서 방영하는가는 무척 중요했다.

그런데 한국 애니메이션이 아닌 일본 애니메이션을 편성해서 방영하는 것.

분명 위험한 결정이었다.

이런 위험을 감수하면서까지 이런 결정을 내린 장본인이 누군지, 그리고 의도가 무엇인지 확실히 파악할 필요가 있었다.

"편성국장이 밀었다고 하던가요?"

그래서 내가 '마법사 도레미'를 편성하기로 결정한 누군가를 알아내기 위해서 질문하자, 천태범이 고개를 흔들었다.

"결정은 편성국장이 내린 게 맞는데… 해걸이 말로는 편성국장은 꼭두각시래. 사장이 시키는 대로 움직이는 꼭두각시."

'답 나왔네!'

'포로로 월드'를 까고, '마법사 도레미'를 편성시킨 장본인은 바로 교육 방송 초대 대표 이사로 취임한 배석두였다.

'됐다!'

적을 확실히 알게 된 것만으로도 큰 소득.

그래서 내가 천태범에게 말했다.

"천 변호사님, 이제 불안해하지 마세요."

"응?"

"밥값은 충분히 하셨으니까요."

*　　　　*　　　　*

'감각이 뛰어난 투자자!'

주필호가 한우택에 대해 갖고 있는 인식이었다. 그리고 이런 인식을 갖게 된 이유는 신생 투자 배급사 Now&New의 가파른 성장 때문이었다.

그래서 한우택에게 욕심이 생겼다.

'결국 내가 한 투자 제안을 거절하지 못할 거야.'

그리고 주필호는 한우택을 자신의 사람으로 만들 자신이 있었다.

돈에서 자유로울 수 있는 사람은 없기 때문이었다.

드르륵.

그때 한정식집 문이 열렸다.

"또 뵙습니다."

한우택이 도착해서 인사를 건넸고, 주필호도 웃으며 손을 내밀었다.

"오시느라 고생 많았습니다."

"고생은요."

악수를 한 후 맞은편에 앉은 한우택은 바로 본론에 돌입했다.

"결정을 내리기가 쉽지 않았습니다. 오래 기다리게 해서 죄송합니다."

"하핫, 아닙니다. 그래서 결정을 내리셨습니까?"

"네."

"어떤 결정을 내리셨습니까?"

"그건 제가 아닌 다른 분이 말씀드릴 겁니다."

"누가… 또 옵니까?"

"네. Now&New의 실소유주님께서 동석하시기로 했습니다."

'Now&New의 실소유주?'

예상치 못했던 상황 전개에 주필호가 당황했을 때, 문을 열고 한 사내가 등장했다.

'서진… 우?'

그리고 한우택과 함께 찾아온 것이 서진우란 사실을 안 주필호가 두 눈을 크게 떴을 때였다.

"처음 뵙겠습니다. 서진우라고 합니다."

"주필호라고 합니다."

"그런데… 왜 그렇게 놀라십니까? 꼭 저를 알고 계셨던 것 같은데요?"

"그게…"

"아니면, 제가 Now&New의 실소유주란 사실을 알게 됐기 때문에 놀라신 겁니까?"

"좀, 아니, 많이 놀랐습니다."

서진우의 예고 없던 등장도 놀라웠는데, 그가 Now&New의 실소유주란 사실은 더욱 놀라웠다. 그래서 주필호가 대답했을 때, 서진우가 다시 말했다.

"주필호 대표님도 전면에 등장하지는 않았지만 여러 건설사들의 실소유주로 알고 있는데… 그렇게 놀라실 게 뭐가 있습니까?"

'나에 대해… 조사했다?'

그 이야기를 들은 주필호가 눈매를 가늘게 좁혔다.

시치미를 뗄까 고민하던 주필호가 이내 마음을 바꾸었다.

이미 자신에 대한 조사를 마치고 찾아온 상황.

시치미를 뗴봐야 소용없을 거란 생각이 들어서였다.

"어떻게 알았소?"

"관심이 있으면 알 수 있는 법이죠."

"……?"

"주필호 대표님에게 관심이 생겨서 친분이 있는 분께 좀 알아봐 달라고 부탁했습니다. 덕분에 알게 된 정보죠."

'누구지?'

자신의 뒷조사를 한 게 누구인지 신경이 쓰여서 주필호가 미간을 찌푸렸을 때였다.

"제 생각에는 순서가 잘못된 것 같습니다."

서진우가 다시 말했다.

"무슨 순서가 잘못됐다는 겁니까?"

"접근하는 순서 말입니다."

"……?"

"주필호 대표님께서 '치명적인 그녀'라는 작품에 관심이 지대하신 것 같은데. 왜 직접 저와 이현주 대표를 찾아오지 않으셨던 겁니까?"

서진우의 지적은 일리가 있었다.

'치명적인 그녀'라는 작품의 투자에 관심이 있을 경우, 영화의 제작자인 두 사람을 직접 찾아가서 투자 의향을 밝히고 자금을 투입하는 것이 가장 쉽고 일반적인 수순이었다.

그래서 주필호가 그 수순을 밟지 않은 것을 지적한 것이었다.

"그건……."

"사업 감각은 뛰어나신 편인데 투자 감각은 별로시더군요."

"……?"

"리온 엔터테인먼트와 빅박스, 최근 들어 하락세를 타고 있는데 그 두 회사에 거액을 투자하신 걸 보고 투자 감각이 별로라고 판단했습니다."

"난 돈을 벌기 위해서……."

새파랗게 젊은 서진우가 비아냥대는 것을 듣고 있자니 참기 힘들었다.

그래서 발끈한 주필호가 언성을 높여 말하다가 급히 입을 다물었다.

꺼내서는 안 될 말을 꺼냈다는 사실을 깨달았기 때문이었다.

하지만 늦었다.

"돈을 벌기 위해서 리온 엔터테인먼트와 빅박스에 투자한 게 아니란 뜻이죠? 그럼 왜 투자를 하셨습니까? 돈이 썩어 날 정도로 많으셔서 그러신 건가?"

"내가 그 이유까지 밝힐 이유는 없을 것 같소만."

"지당하신 말씀입니다. 본인 돈 본인이 쓴다는데 제가 감 놔라 배 놔라 할 수 있는 입장도 아니고요. 그래서 제가 나름 대로 추측을 좀 해 봤습니다."

"무슨 추측을 해 봤단 것이오?"

"주필호 대표님이 대체 왜 이렇게 삽질을 하실까? 그 이유가 궁금해서 나름대로 추측을 해 봤다는 뜻입니다."

'삽질'이란 표현을 사용한 것으로 인해 또 한 번 빈정이 상했지만 실수를 반복하지 않기 위해서 주필호가 입을 꾹 다물고 있을 때였다.

"결론은 '치명적인 그녀'였습니다. 리온 엔터테인먼트와 빅박스가 수익 배분 비율을 3 대 7로 하는 파격적인 제안을 하면서까지 '치명적인 그녀'의 투자와 배급권을 따내려 한 것이 주필호 대표님의 의중이란 걸 알게 됐기 때문에 이런 결론을 내렸는데… 맞나요?"

'반만 맞아!'

주필호가 속으로 대답한 순간이었다.

"이거 아쉽게 됐네요."

"왜 아쉽다는 거요?"

"돈을 물 쓰듯 사용하셨는 데도 불구하고 원하시는 결과를 얻지 못하실 것 같거든요."

"무슨 뜻이오?"

"'치명적인 그녀'는 Now&New와 투자 협상을 마쳤습니다. 그리고 Now&New는 주필호 대표님의 투자 제안을 거절할 테니까 '치명적인 그녀'의 투자와 배급을 맡으시려는 소기의 목적을 달성하는 데 실패했다는 뜻입니다."

'이 자식이!'

주필호가 지그시 입술을 깨물고 있을 때, 서진우가 씨익 웃으며 덧붙였다.

"홍정문 의원님에게 질책 좀 들으시겠네요?"

*　　　　*　　　　*

툭.

내가 홍정문 의원을 언급한 순간, 주필호는 손에서 물컵을 놓쳤다. 그리고 바닥에 떨어진 물컵을 다시 주울 생각도 하지 못한 채 날 빤히 바라보았다.

'어지간히 놀라셨네.'

날 바라보는 주필호의 두 눈이 격하게 흔들리는 것이 그가 무척 놀라고 당황했다는 증거.

'역시… 맞네.'

내가 홍정문 의원의 이름을 언급한 이유.

주필호가 '나라 바로 세우기'와 연관이 있는가를 확인하기 위함이었다. 그리고 '나라 바로 세우기' 모임의 창시자인 홍정문 의원을 언급하자마자 이렇게 당황하는 것은 주필호가 연관이 있다는 뜻이었다.

"홍 의원님을… 서진우 씨가 어떻게 알고 있습니까?"

"유명 인사잖습니까?"

"……?"

"홍정문 의원 말입니다. 무려 5선이나 지내신 의원이니까 유명 인사 아닙니까? 그래서 알고 있습니다."

내가 대답했지만, 주필호는 의심쩍은 시선을 지우지 않았다.

"정말… 그 이유가 다입니까?"

"물론 아니죠."

"아니라고요?"

"제가 성격이 좀 더러운 편입니다. 그래서 누군가 제게 해코지를 하려는 시도를 하면 그냥 참고 넘기지 않습니다. 이번 역시 마찬가지입니다. 주필호 대표님이 대체 왜 하락세를 타고 있는 리온 엔터테인먼트와 빅박스에 거액을 투자했을까? 의문을 품기 시작한 지점은 여기서부터였습니다. 그때까지만 해도 그냥 주필호 대표님이 투자 감각이 형편없는 사람이구나. 이렇게 생각했습니다. 그런데 주필호 대표님이 '치명적인 그녀'라는 작품에 스토커처럼 집착한다는 사실을 알고 생각이 바뀌었습니다."

"어떻게 생각이 바뀌었다는 거요?"

"그 질문에 답하기 전에 하나 궁금한 게 있습니다."

"궁금한 게 뭐요?"

"왜 그렇게 '치명적인 그녀'라는 작품에 집착하시는 겁니까?"

"그건… 흥행할 가능성이 높은 좋은 작품이라고 판단했기 때문이오."

주필호가 대답했지만, 난 속으로 코웃음을 치며 다시 물었다.

"'치명적인 그녀'는 흥행할 가능성이 무척 높은 작품이다. 그러니 꼭 이 작품의 투자와 배급을 맡아서 돈을 벌어야겠다. 이렇게 판단했다는 겁니까?"

"맞소."

주필호가 맞다고 대답한 순간, 내가 못마땅한 표정을 지은 채 입을 뗐다.

"거짓말 좀 그만하시죠."

"왜 거짓말이라 생각하는 거요?"

"주필호 대표님이 제시했던 조건이 수익 배분 비율을 3 대 7로 하는 것이었으니까요. 그런 조건이라면 '치명적인 그녀'가 흥행하더라도 돈을 못 법니다."

"그건……."

"최근 들어 흥행작을 잇따라 배출하고 있는 유니버스 필름의 이현주 대표, 그리고 레볼루션 필름의 대표인 저와 돈독한 관계를 맺기 위해서다. 이번에 좋은 관계를 맺고 난 후에 다음 작품에 큰 수익을 올릴 수 있도록 세팅을 한 것이다. 이런 개소리는 꺼내지도 마시죠."

개소리란 표현이 너무 적나라했기 때문일까.

주필호의 얼굴이 벌겋게 달아올랐지만, 난 아랑곳하지 않고 다시 입을 뗐다.

"진짜 이유는 따로 있을 겁니다. '치명적인 그녀'라는 작품이 세상 빛을 보지 못하게 만들도록 하는 게 진짜 이유 아닙니까?"

"……."

"더 정확히 말하면 저를 엿 먹이려는 것이 주필호 대표님의 진짜 목적인 것 같은데. 맞습니까?"

주필호는 가타부타 대답하지 않았다.

그렇지만 그의 낯빛이 창백하게 질린 것을 통해서 난 추측이 틀리지 않았음을 직감했다.

'지독하네.'

엄밀히 말하면 주필호 대표가 '치명적인 그녀'의 투자와 배급권을 따내려 하는 진짜 목적이 작품을 사장시키기 위함이 아닐까 하는 추측을 먼저 한 것은 유니버스 필름 이현주 대표였다.

그렇지만 그 의견을 꺼냈던 이현주 대표는 본인이 생각해도 말도 안 된다고 판단한 듯 헛소리를 한 것이니 잊어버리라고 했다.

'너무 갔다!'

그리고 그 의견을 처음 들었을 때 내 생각도 이현주 대표와 비슷했다.

그런데 얼마 지나지 않아서 생각이 바뀌었다.

'가능성이 있다!'

'치명적인 그녀'만이 아니었다.

'포로로 월드'의 교육 방송 편성을 무산시켰던 것은 교육 방송 대표인 배석두.

그리고 교육 방송 배석두 대표 역시 '나라 바로 세우기' 모임과 연관이 있는 인물이었다.

즉, '나라 바로 세우기' 모임과 연관이 있는 이들이 갑자기 내 사업을 방해하기 시작한 셈이었다.

'만약 '치명적인 그녀'를 사장시키면 주필호는 얼마나 손해를 볼까?'

'치명적인 그녀'가 세상 빛을 보지 못하게 만드는 것은 어렵지 않았다.

영화 제작이 본격적으로 시작되기 전에 이런저런 트집들을 잡으면서 크랭크 인을 못 하게 만드는 것이 가장 대표적이고 쉬운 방법.

하지만 이미 제작 과정에서 전권을 주기로 약속했으니 그 방법은 사용할 수 없었다.

그럼에도 불구하고 남아 있는 방법은 여럿 있다.

'치명적인 그녀'가 개봉을 앞두고 발생할 후반 작업 비용과 홍보비 등등의 부대 비용이 작품이 개봉해서 거둘 수익보다 적다는 핑계로 개봉을 무기한 연기하는 방법도 그중 하나다.

실제로 이런 이유로 촬영을 마친 후에도 개봉이 계속 미뤄지다가 결국 세상 빛을 보지 못한 작품들은 부지기수였다.

정곡을 찔러서일까.

입을 꾹 다물고 있는 주필호를 향해 내가 덧붙였다.

"그 의도가 빗나가서 많이 아쉬우시겠네요."

"모두 오해에서 비롯된……."

"홍정문 의원을 만나면 전해 주세요."

"……?"

"내가 순순히 당하고만 있지는 않을 거라고."

*   *   *

'왜… 배석두 전 의원에 대해서 물은 걸까?'

이청솔이 시원한 커피를 한 모금 마시며 고민에 잠겼다.

현재 배석두는 교육 방송 대표 이사 직함을 갖고 있었다.

그렇지만 3선 국회 의원이었기에 여전히 배석두 전 의원이란 표현이 익숙했다.

'분명히 이유가 있을 텐데.'

갑자기 전화를 걸어 와서 배석두 전 의원에 대해서 알고 있느냐고 질문했던 것은 서진우.

그리고 이청솔은 그동안의 경험을 통해서 서진우가 이유 없이 통화 중에 배석두 전 의원을 언급한 것이 아니라는 사실을 알 수 있었다

'분명히 어떤 목적이 있다!'

이런 확신이 들었고, 그래서 서진우가 가진 의도나 목적이 무엇인가를 이청솔이 궁금해하고 있을 때였다.

"선배님, 왜 이렇게 일찍 오셨습니까?"

서진우가 살짝 당황한 표정을 지은 채 카페 안으로 들어왔다.

약속 시간보다 10분 일찍 도착했음에도 불구하고, 자신이

먼저 도착해 있는 것을 발견하고 당황했으리라.

"후배님을 빨리 만나고 싶어서 일찍 출발했지."

"말씀만이라도 감사합니다."

"빈말 아냐. 후배님을 만나면 항상 좋은… 아니, 재밌는 일이 생기거든."

좋은 일이 생긴다고 말하려다가 이청솔이 급히 정정한 후 화제를 전환했다.

"후배님 수완이 참 좋긴 해."

"갑자기 무슨 말씀이신지……?"

"동재 말이야."

"……?"

"확실히 후배님 사람으로 만들었더라고."

조동재는 실력이 뛰어난 검사.

그렇지만 연애에는 젬병이나 마찬가지였다.

그런데 최근 조동재가 목하 열애 중이었다.

그것도 상대가 무려 톱 여배우 이강희.

그리고 조동재가 톱 여배우 이강희와 가까워질 수 있도록 다리를 놔 준 것이 바로 서진우였다.

"동재가 후배님 칭찬을 엄청 하더라고."

비로소 말뜻을 이해한 서진우가 희미한 웃음을 머금은 채 입을 뗐다.

"저는 약속을 지켰을 뿐입니다. 두 분이 잘 어울릴 것 같다는 생각이 들어서 소개시켜 드린 것뿐이고요."

"그렇게 너무 쉽게 이야기하지 마."

이청솔은 조동재를 누구보다 많이 아끼는 사람 중 일인.

개인적으로 그가 하루라도 빨리 좋은 짝을 만나서 안정된 가정을 이루기를 바랐다.

그래서 그동안 소개팅을 주선해 주었던 것도 여러 차례였고.

하지만 좋은 결과로 이어지지 않아서 내심 안타까워하고 있었는데, 서진우는 단번에 그 어려운 일을 해낸 것이었다.

"아주 어려운 약속을 지킨 거니까. 그리고 덕분에 조동재라는 실력 있는 검사를 후배님 사람으로 만드는 데 성공했고."

"결과적으로는… 그렇게 됐네요."

칭찬이 익숙치 않아서일까.

서진우가 머리를 긁적이며 서둘러 화제를 전환했다.

"제가 갑자기 배석두 대표에 대해서 아시느냐는 질문을 드려서 많이 당황하셨죠?"

"맞아. 좀 놀라긴 했어."

"이유는 나중에 말씀드리겠습니다. 배석두 대표에 대해서 아시는 대로 말씀해 주시면 감사하겠습니다."

서진우가 나중에 밝히겠다는 이유가 무척 궁금했지만, 이청솔은 꾹 참고 입을 뗐다.

"배석두 대표가 국회 의원이었던 건 알고 있지?"

"네, 그 정도는 알고 있습니다."

"3선 의원이야. 그래서 배석두 전 의원이 교육 방송 대표 이사로 취임한 것을 알고 나서 많이 놀랐어."

"왜 놀라신 겁니까?"

"당연히 4선 의원을 노리고 출마할 거라고 예상했거든."

배석두는 여당 중진 의원이었다.

비록 지난 선거에서 기존 지역구가 아닌 야당 텃밭이라 할 수 있는 험지에 출마했다가 낙선의 쓴맛을 봤지만, 험지에 출마했음에도 불구하고 상대 후보와 10% 범위 내 접전을 벌이며 대단히 선전했다는 평가를 받았다.

그래서 이청솔은 그가 다시 선거에 출마해서 4선 국회의원으로 정치 생활을 이어 나갈 거라 예상했다.

하지만 예상과 달리 배석두는 교육 방송 대표 이사로 취임했다.

교육 방송 대표 이사로 취임하면서 선거 운동을 포기한 셈이나 마찬가지이니, 그는 이번 총선을 포기한 것이었다.

"배석두 전 의원이 출마를 포기하고 교육 방송 대표 이사로 취임한 이유가 무엇일까에 대해서 조사를 좀 해 봤어. 그런데… 모르겠어."

"총선에 출마하더라도 승산이 없다고 판단한 게 아닐까요?"

"그건 아냐. 승산은 충분하거든. 분명히 다른 이유가 있는 것 같은데 그 이유까진 모르겠어. 어쨌든… 난 그 이유가 궁금하지만, 후배님이 궁금한 건 그게 아니겠지?"

이청솔이 씩 웃은 후 미리 준비해 온 서류 봉투를 꺼내서 앞으로 내밀었다.

"이게 뭡니까?"

"약점이야."

"약점… 이요?"

"배석두 전 의원의 발목을 잡을 수 있는 약점들."

"……?"

"후배님이 원한 게 이것일 것 같아서 준비했어."

"왜 그렇게 판단하신 겁니까?"

"내가 아는 후배님이라면 이걸 원할 것 같더라고."

서진우의 입가로 희미한 미소가 스치고 지나갔다.

'내 예상이 맞았네.'

그 미소를 확인한 이청솔도 입가에 미소를 머금었을 때, 서진우가 서류 봉투 속 내용물을 확인하기 시작했다.

"이제… 이유를 물어도 될까?"

치미는 호기심을 누르지 못 하고 이청솔이 질문하자, 서진우가 대답했다.

"일단은 '포로로 월드' 때문입니다."

"…포로로 월드?"

"네."

"그게 뭔가?"

"제가 제작에 관여한, 아니, 선배님 앞이니 그냥 솔직히 말씀드리겠습니다. 제가 제작한 유아용 애니메이션입니다."

"후배님이 제작한 유아용 애니메이션이다?"

'또… 일을 벌렸네.'

영화 제작을 시작으로 이미 여러 가지 일들을 하고 있는 서진우였다.

그런데 이번에는 유아용 애니메이션까지 제작했다는 사실을 알고 난 후, 이청솔이 놀랐을 때였다.

"원래 계획은 교육 방송에서 편성을 받아서 '포로로 월드'를 방영하는 것이었습니다. 그런데… 편성에서 미끄러졌습니다. 그리고 '포로로 월드'를 제치고 교육 방송의 편성을 받아 낸 작품은 '마법사 도레미'라는 작품입니다."

이청솔의 아들은 고등학생.

유아용 애니메이션에는 관심도 없었고 딱히 아는 것도 없었다.

그래서 '포로로 월드'도, '마법사 도레미'도 이청솔의 입장에서는 생소한 제목들이었다.

"어떤 작품인지 본 적은 없지만… 대단한 작품인가 보군."

"왜 '마법사 도레미'가 대단한 작품이라고 추측하신 겁니까?"

"내가 아는 최고의 영화 제작자는 후배님이거든. 그런데 후배님이 제작한 '포로로 월드'를 제치고 편성을 따냈기 때문에

'마법사 도레미'가 대단한 작품이라고 추측했네."

이청솔이 대답을 마친 순간, 서진우가 고개를 끄덕였다.

"선배님 추측대로 '마법사 도레미'는 좋은 작품입니다. 이미 흥행에 성공하면서 작품성도 인정받았고요."

"내 예상이 맞았군."

이청솔이 물컵을 들어 목을 축인 후 다시 말했다.

"그래서 자존심이 상한 건가?"

"네?"

"'포로로 월드'를 밀어내고 '마법사 도레미'란 작품이 교육 방송에서 편성을 받은 것으로 인해 후배님의 자존심이 상한 게 아닐까? 문득 이런 생각이 들었네. 그리고 인정하기 싫지 않았을 거란 생각도 들었고."

"……?"

"그래서 '마법사 도레미'가 '포로로 월드'를 제치고 편성을 받은 것에 어떤 비리나 외압이 있었던 것이 아닐까? 이런 의심을 품었기 때문에 교육 방송 배석두 대표에 대해서 알아봐 달라고 부탁한 게 아닐까 하는 생각을 해봤네."

"선배님."

"말해."

"제가 그렇게 속 좁은 인간은 아닙니다."

"속이 좁다는 뜻으로 한 말이 아냐."

"그럼……?"

"후배님은 내가 아는 최고의 천재야. 내 짐작이 틀리지 않다면 한 번도 실패를 경험한 적이 없을 테고. 그런데 이번에 처음으로 실패를 경험했기 때문에 자존심에 상처를 입었고, 그로 인해… 어쩌면 시야가 좁아졌을 수도 있지 않을까? 대충 그런 뜻일세."

이청솔이 신중하게 단어를 선택하며 이야기를 마친 순간이었다.

"굳이 따지자면 실패한 것은 이번이 처음이 아닙니다. 그동안 여러 차례 실패를 경험했습니다. 그래서 자존심에 상처를 입은 것은 아닙니다."

"…그런가?"

"그리고 제가 선배님께 배석두 교육 방송 대표에 대해서 알아봐 달라고 부탁드린 이유는… 여기 적혀 있는 '나라 바로 세우기'라는 모임 때문입니다."

"나라 바로 세우기?"

서진우가 내민 서류를 건네받아 살피던 이청솔이 두 눈을 빛냈다.

배석두가 현역 의원이던 시절, '나라 바로 세우기'라는 사모임 회원이었다는 내용이 서류에 적혀 있는 것을 발견했기 때문이었다.

"단순한 사모임이 아니다?"

국회의원들은 여러 모임에 가입되어 있다.

그래서 '나라 바로 세우기' 역시 그런 사모임들 가운데 하나
일 거라 짐작했기에 크게 신경 쓰지 않았는데.

서진우의 말에 의하면 그저 그런 사모임이 아닌 듯했다.

"어떤 성격의 모임인가?"

거기까지 생각이 미친 이청솔이 질문했을 때, 서진우는 대
답 대신 오히려 다시 질문을 던졌다.

"홍정문 의원을 아십니까?"

                    *   *   *

이청솔의 장점 중 하나는 꼼꼼함이었다.

그는 한번 일을 시작하기로 결정했으면 허투루 하는 스타
일이 아니었다.

그래서 교육 방송 배석두 대표에 대해서도 탈탈 털다시피
조사했다.

무려 열 장이 넘는 배석두 대표에 관한 서류를 살피던 내
시선을 단숨에 사로잡은 것은 여덟 번째 장에 적혀 있는 내용
이었다.

(3선 의원이 된 후 사모임인 '나라 바로 세우기'에 가입)

만약 배석두 교육 방송 대표와 '나라 바로 세우기' 모임이

무관했다면?

난 깔끔하게 물러설 생각이었다.

아까 이청솔에게도 말했듯이 '마법사 도레미'는 '포로로 월드'와 비교해도 전혀 손색이 없는 좋은 작품이었기 때문이었다.

그런데 지금은 생각이 바뀌었다.

배석두 교육 방송 대표 역시 '나라 바로 세우기' 모임과 연관이 있다는 사실을 확실히 알게 됐기 때문이었다.

*   *   *

결심을 굳힌 나의 질문에 이청솔이 힘껏 고개를 끄덕였다.

"홍정문 의원을 모른다면… 오히려 그게 더 이상한 일 아닌가?"

홍정문은 무려 5선 의원.

게다가 한때 국무총리까지 역임한 적이 있었다.

비록 현재 당직을 맡고 있지는 않았지만, 여당인 민생당에서 그가 차지하는 비중과 영향력이 무척 크다는 것을 모르는 사람은 없었다.

정치에는 별 관심 없는 나 역시 홍정문 의원에 대해서 알고 있는데, 이청솔이 모를 리가 없었다.

"그런데 갑자기 홍정문 의원을 언급하는 이유가 무엇인가?"

"홍정문 의원이 '나라 바로 세우기'라는 모임의 수장이기 때문입니다. 그리고 '나라 바로 세우기'라는 모임과 연관이 있는 사람들은 정치권은 물론이고 학계와 재계에도 널리 포진되어 있습니다."

"정계만이 아니라 학계와 재계에도 포진돼 있다?"

"네."

"혹시 내가 알 만한 인물도 있나?"

"고원대학교 역사학과 최진국 교수, 그리고 부용건설 주필호 대표입니다."

내가 대답하자, 이청솔이 고개를 갸웃했다.

"후배님이 사실 관계를 잘못 파악하고 있는 것 같군. 내가 알기로 부용건설 대표는 주필호가 아니라……."

"김인철이죠."

"후배님도 잘 알고 있는데 왜……?"

"하지만 실소유주는 주필호입니다."

"그게… 사실인가?"

"부용건설만이 아닙니다."

"응?"

"삼일건설, 대동건설, 해원건설. 지방에서 영향력을 발휘하고 있는 중견 건설사들의 실소유주는 주필호입니다."

깜짝 놀란 표정을 지은 채 이청솔이 물었다.

"후배님이 그걸 어떻게 알고 있나? 확실한 정보인가?"

"채동욱 대표님께 들은 정보입니다."

나와 이청솔을 연결해 준 것이 바로 채동욱.

그런 채동욱 대표가 확인해 준 정보라는 소식을 듣고 나자 이청솔은 사실 관계를 더 의심하지 않았다.

"후배님이 방금 꺼낸 이야기가 모두 사실이라면 주필호는 대단한 재력가로… 가만, 왠지 이름이 낯익은데?"

잠시 후. 이청솔이 고개를 갸웃했다.

난 그에게 주필호의 이름이 낯익은 이유에 대해서 알려 주었다.

"검사 출신입니다."

"검사… 였다고?"

"네."

"그래서 이름이 낯익었던 거로군."

비로소 의문이 풀린 표정으로 고개를 끄덕이는 이청솔에게 질문했다.

"만약 선배님께서 지금 검사복을 벗으신다면 뭘 하시겠습니까?"

"난 검사복을 벗을 생각이 없는데?"

"알고 있습니다. 어디까지나 가정입니다."

"보자. 지금 검사복을 벗으면 내가 할 수 있는 일은… 로펌에 들어가거나 변호사 사무실을 개업하는 정도겠지."

이청솔이 오래 고민하지 않고 대답한 순간, 내가 다시 질문했다.

"사업 쪽은 생각이 없으십니까?"

"사업? 생각 없어. 내가 그쪽에 딱히 재주가 있는 것도 아니고, 남들한테 아쉬운 소리를 하는 것도 내키지 않고."

이청솔은 영 내키지 않는다는 표정으로 대답했다.

'이게 일반적인 반응이지.'

검사복을 벗은 검사는 대부분 변호사로 개업하거나 로펌에 입사한다.

배운 것이 그것 뿐이기 때문이다.

그런데 주필호가 사업에 뛰어든 것부터 일반적이지는 않았다.

그리고 더 일반적이지 않은 것은 주필호가 사업에 뛰어든 후 크게 성공했다는 점이었다.

"사업가로 변신한 주필호 씨에게 도움을 준 사람이 있습니다."

"확실한가?"

"네. 주필호 씨가 실소유주인 건설사들이 관급 공사들을 독점하다시피 했던 것이 도움을 준 사람이 있다는 확실한 증거입니다."

"대체 누가… 혹시 홍정문 의원이 도움을 준 건가?"

이청솔은 눈치도 빠르고 말귀도 잘 통했다.

금세 홍정문을 떠올리는 데 성공하고 질문을 던졌다.

"맞습니다."

"흐음."

내가 맞다고 확인해 주자, 이청솔이 침음성을 터뜨렸다.

"검사 시절에 홍정문 의원과 어떤 거래가 있었던 걸까?"

그리고 이청솔의 추측을 들은 내가 대답했다.

"가능성을 배제할 수는 없습니다. 그런데 더 집중해야 할 것은 주필호가 갑자기 영화 사업에 뛰어들었다는 점입니다."

"건설 사업을 하다가 갑자기 영화 사업에 뛰어들었다? 이유는?"

"두 가지인 것 같습니다. 하나는 저를 견제하는 것이고, 나머지 하나는 영화를 통해서 친일 사관을 심는 것입니다."

난 이청솔에게 지금까지 알아낸 것을 모두 설명했다.

그 설명을 경청하던 이청솔의 표정은 시간이 흐를수록 더 심각해졌다.

"내가 막연히 짐작했던 것보다… 훨씬 심각한 상황이로군."

그리고 설명을 모두 들은 이청솔은 사태의 심각성을 깨달은 표정이었다.

"어쩔 생각인가?"

"싸워야죠."

내가 잠시의 고민도 없이 대답하자, 이청솔이 자세를 고쳐 앉았다.

"후배님, 이번엔 쉽지 않아. 홍정문 의원의 영향력은 곳곳에 미치지 않는 곳이 없어. 막강한 상대라는 뜻이야."

"그 정도는 저도 알고 있습니다."

"그런데도 싸우겠다?"

"피할 수 없는 싸움도 있으니까요."

내 생각을 바꾸는 것이 불가능하다는 것을 깨달았기 때문일까.

"방법은 생각해 둔 게 있나?"

"그동안 제가 쌓아 온 것을 모두 이용할 겁니다. 선배님도 도와주셨으면 합니다."

"나야 당연히 도와야지. 그런데… 내 힘으로 가능할까?"

홍정문 의원이라는 막강한 적을 상대하기 위해서 가장 필요한 조력자는 바로 눈앞에 있는 이청솔이었다.

이런 경우를 대비해서 난 그동안 꾸준히 이청솔에게 도움을 주며 그를 검사장으로 만들었다.

하지만 홍정문 의원이 이끌고 있는 '나라 바로 세우기'라는 모임을 상대하기에는 검사장이란 직책이 부족하단 생각이 들었다.

그래서 내가 말했다.

"부족하죠."

"맞아."

"그래서 힘을 길러야 할 것 같습니다."

"어떻게… 말인가?"

이청솔의 질문에 내가 대답했다.

"검찰총장으로 만들어 드리겠습니다."

*　　　　　*　　　　　*

서부지검 지검장실.

"동재야, 어서 와."

노크 후 지검장실로 들어오는 조동재를 이청솔이 반갑게 맞았다.

그렇지만 조동재의 표정은 밝지 않았다.

"왜 그러세요?"

"뭐가? 지검장이 평검사 불러서 다정하게 인사한 것도 문제가 되는 거야?"

"너무 다정하니까 문제죠."

"응?"

"왜 또 이름을 부르십니까? 사람 불안하게끔."

'눈치 하나는 기가 막히네.'

이청솔이 쓴웃음을 머금은 채 제안했다.

"나랑 같이 기획 수사 하나 하자."

"기획 수사요?"

"그래."

"갑자기 무슨 기획 수사요? 그리고 입을 삐뚤어져도 말은 바로 해야죠. 같이 수사하는 게 아니고, 저 혼자 삥이 치는 거죠."

"그럼 삥이 좀 쳐."

"에이, 데이트해야 하는데."

조동재가 불평을 터뜨린 후 물었다.

"기획 수사 타깃이 누군데요?"

"배석두 전 의원 알지?"

"당연히 알죠."

"그 양반에 대한 제보가 들어왔어."

배석두가 타깃이란 사실을 알려 주자, 조동재가 시큰둥한 표정으로 다시 질문했다.

"제보자가 누군데요?"

"후배님."

"진우가 제보자라고요?"

"그래."

서진우가 배석두 전 의원에 대한 제보자란 사실을 알려 주자, 조동재의 표정이 일변했다.

"배석두, 그 양반이 우리 진우한테 무슨 해코지라도 한 겁니까?"

조동재는 시큰둥하던 표정을 지우고 사냥개처럼 으르렁거리기 시작했다.

'우리 진우라.'

조동재가 '우리 진우'라고 표현한 것을 놓치지 않은 이청솔이 픽 웃은 후 대답했다.

"비슷해."

그리고 그 대답을 들은 조동재의 눈빛이 사납게 변했다.

"빨리 시작하시죠."

"응?"

"기획 수사 말입니다. 빨리 시작하자고요."

태도가 돌변한 조동재에게 이청솔이 지적했다.

"데이트해야 하는데 시간이 되겠어?"

"강희 씨도 이해할 겁니다."

"응?"

"강희 씨가 진우를 무척 많이 아끼거든요."

'됐네.'

이미 배석두 전 의원이 그동안 저질렀던 비리에 대한 자료는 차고 넘칠 정도로 수집해 둔 상태였다.

게다가 배석두 전 의원은 현재 의원직을 유지하고 있지 않았다.

즉, 국회 의원에게만 주어지는 특권인 면책 특권이 없는 상황.

이제 실력 하나만큼은 의심할 여지가 없는 조동재가 수사를 지휘한다면 배석두 전 의원을 잡아넣는 것은 그리 어려운 일이 아니었다.

그래서 한시름을 덜었지만, 이청솔의 표정은 밝아지지 않았다.

배석두 전 의원은 여러 가지들 중 하나일 뿐.

진짜 몸통은 홍정문 의원이었기 때문이었다.

아니, 홍정문 의원이 끝이 아닐 수도 있었다.

배후에 더 거대한 적이 숨어 있을 가능성도 충분했다.

'이길 수… 있을까?'

확신이 서질 않아서 이청솔이 한숨을 내쉬었을 때였다.

"표정이 왜 그러세요?"

조동재가 물었다.

"별일 아냐."

이청솔이 손사래를 쳤지만, 조동재는 순순히 물러나지 않았다.

"제가 지검장님을 모신 시간이 벌써 몇 년인데 무슨 일 있다는 걸 모르겠습니까? 그냥 솔직하게 말씀해 보시죠."

"사실은……."

이청솔이 조동재에게 서진우와 나누었던 대화에 대해서 알려주었다.

그 이야기를 모두 들은 조동재의 표정은 딱딱하게 굳어져 있었다.

"에이, 듣지 말걸."

그런 그가 꺼낸 말을 들은 이청솔이 물었다.

"왜 듣지 않는 편이 나았다는 거야?"

"일거리가 콱 늘었잖습니까?"

"아직 결정 못 했어."

"뭘요?"

"싸울지 말지 결정 못 했다고."

"……?"

"싸워서 이길 자신이 없거든."

— 이길 수 없는 싸움은 가급적 시작하지 말자.

이청솔이 갖고 있는 신념이었다. 그래서 선뜻 결정을 내리지 못하고 망설이고 있을 때, 조동재가 말했다.

"설마 쪽팔리게 꼬리 마시는 건 아니죠?"

"뭐?"

"둘 중 하나를 선택하세요."

"뭘 선택하란 거야?"

"쪽팔리게 꼬리 말고 자리 보존에 성공하는 대신 저와 진우를 잃거나, 설령 맞서 싸우다가 깨지고 잘리더라도 저와 진우와 끝까지 같이 가거나."

"협박하는 거야?"

"협박 아닌데요."

"그럼?"

"지검장님이 꼬리 말고 도망치면 진짜 연 끊고 안 볼 건데요."

'진심… 이야.'

조동재가 자신을 잘 알듯이, 이청솔 역시 조동재에 대해서 잘 알고 있었다.

저런 표정을 짓고 있을 때의 조동재는 진심이었다.

그 순간, 이청솔이 떠올린 것은 천태범이었다.

"쪽팔려서 못 해 먹겠네. 에이, 시발, 안 해. 검사 때려치운다고."

구룡그룹 유명석 회장의 수사를 하는 것을 이청솔은 막아 세웠었고, 그로 인해 천태범은 검사복을 벗었다.

만약 서진우가 아니었다면?

천태범과의 인연은 거기서 끊어졌으리라.

'비슷한 상황이네.'

당시와 비슷한 상황이라는 데까지 생각이 미친 순간, 신이 참 가혹하단 생각이 퍼뜩 들었다.

다시 같은 시험대 위에 자신을 올려놓았으니까.

"시발!"

잠시 후, 이청솔이 욕설을 내뱉자 조동재가 두 눈을 크게 떴다.

"방금… 뭐 하신 겁니까?"

"너도 들었잖아? 간만에 욕 한번 했다."

"저한테 욕하신 겁니까?"

"아니."

"아니긴 뭐가 아닙니까? 여기 우리 둘밖에 없는데 저한테 욕하신 것 맞잖아요?"

"아니라니까."

"그럼 누구한테 욕한 건데요?"

"나한테 욕한 거야."

"네?"

"너무 한심하고 쪽팔려서."

가혹한 신이 준비한 두 번째 시험대에서는 첫 번째 시험대에서 내렸던 선택과 다른 선택을 내리기로 결정했다.

그때와 같은 선택을 하는 것이 너무 한심하고 쪽팔려서였다.

"동재야."

"아, 진짜. 불안하니까 그렇게 이름 부르지 말라니까요."

"옷 벗을 각오해."

이청솔이 검사복을 벗을 각오를 하라고 말했음에도 조동재는 전혀 겁을 집어먹은 표정이 아니었다.

오히려 반색했다.

"그 말씀은… 쪽팔리게 꼬리 말고 도망치지 않겠다는 뜻이죠?"

"그래."

"내가 이래서 지검장님을 좋아한다니까."

조동재는 환하게 웃고 있었다.

그런 그에게 이청솔이 따끔하게 지적했다.

"야, 지금 그렇게 웃고 있을 때가 아냐. 상대가 아주 막강해. 자칫 잘못하면 옷 벗어야 될 수도 있어. 그리고 내가 널 지켜주기 역부족일 수도 있고."

"그것도 나쁘지 않네요."

"응?"

"장렬하게 같이 전사하자는 말입니다."

"미친놈."

"이번 기회에 검사로서 장렬하게 전사하고 변호사로 다시 태어나는 것도 나쁠 것 같지 않다는 생각이 들거든요."

"진심이야?"

"데이트할 시간도 없을 정도로 일은 많은데 월급은 쥐꼬리만큼 주는 검사 생활보다 일은 적게 하고 돈은 많이 버는 변호사 생활도 나쁘지 않을 것 같아서요. 강희 씨도 그 편을 더 좋아할 것 같고요."

"야심 없는 새끼."

"네?"

"남자가 칼을 뽑았으면 무라도 베야지."

"검찰총장이라도 하시려고요?"

"그래."

"진심… 이세요?"

"욕심난다."

이청솔이 솔직하게 대답한 후 덧붙였다.

"그리고 아주 불가능한 꿈도 아냐."

"하지만…"

"후배님이 검찰총장 만들어 준다고 하더라고."

"진우가요?"

"그래."

"설마… 그 말을 믿는 거예요?"

"믿어. 지금까지 후배님이 한 번도 없는 말 한 적이 없거든."

이청솔이 확신에 찬 목소리로 대답한 후 덧붙였다.

"이렇게 하자."

"어떻게요?"

"모 아니면 도."

"……?"

"나 검찰총장으로 올라가고 넌 차장검사 달든가, 둘 다 같이 옷 벗든가."

"왜 건너뛰는 겁니까?"

"응?"

"저 아직 평검사입니다. 그런데 부장검사 건너뛰고 차장검사가 되는 게 말이 안 되지 않습니까?"

"건너뛰는 것 아냐."

"네?"

"배석두 전 의원 확실하게 쳐. 그럼 부장검사 자리에 앉혀 줄 테니까."

이청솔이 제안하자, 조동재가 두 눈을 빛냈다.

"약속하신 겁니다?"

"그래. 약속한다."

"이제 의욕이 좀 생기네."

조동재가 의욕을 드러낸 순간, 이청솔이 덧붙였다.

"시발, 죽기 아니면 까무러치기다."

*　　　　*　　　　*

세상일에는 순서라는 것이 있다.

이청솔 검사장과 조동재 검사는 능력이 있었다. 그래서 배석두 전 의원이 그동안 비리를 저질렀던 자료들을 꼼꼼하게 수집했다.

지금까지 모아 놓은 비리 자료들만 하더라도 배석두 전 의원을 구속시킬 수 있을 가능성은 충분했다.

그렇지만 난 두 사람에게 조금만 기다려 달라고 부탁했다.

그리고 내가 이런 부탁을 꺼낸 이유.

쓸데없는 의혹이 제기될 것을 방지하기 위함이었다.

"검찰이 왜 하필이면 이 타이밍에 초대 교육 방송 대표 이사인 배석두 전 의원 수사에 나선 걸까? 어떤 의도가 있는 것이 아닐까?"

이대로 궁지에 몰리게 된다면 배석두 전 의원 쪽에서는 이런 음모론을 제기할 가능성이 충분히 있었다. 그리고 기자들은 바보가 아니다.

검찰의 수사 의도에 대해서 의심쩍은 시선을 던지면서 눈에 불을 켜고 달려들면 나와 이청솔 검사장의 공생 관계에 대해서 알아낼 가능성이 높았다.

그리고 한번 의혹이 불거지면 사실 여부 따위는 상관없었다.

온갖 자극적인 미사여구를 동원해서 부적절한 관계라고 여론을 호도하기 시작할 터.

그때는 이청솔 검사장의 오른팔이라 할 수 있는 조동재 검사가 '블루윈드' 소속 여배우인 이강희와 교제하는 것조차 문제로 삼을 수 있었다.

그래서 난 기자들이 이번 사건을 바라보는 방향을 바꿔 놓는 것이 우선이라고 판단한 것이었다.

"이야, 이게 대체 얼마 만이야?"

오랜만에 날 다시 만난 이은형 기자는 반가운 기색을 감추지 못했다.

"그동안 잘 지내셨죠?"

"기자 짬밥이 차곡차곡 쌓이고는 있는데… 좀 심심하네."

"왜 심심하신 겁니까?"

"진우, 너 때문에."

"……?"

"진우, 네가 방콕 아시안 게임에 출전해서 금메달 따는 걸 보고 나니까 갑자기 비교가 되더라고. 그래서 문득 내 인생이 너무 재미없는 것은 아닐까 하는 생각도 들었고."

이은형이 대답한 후 덧붙였다.

"그래서 기대가 커."

"무슨 기대가 크신 겁니까?"

"서진우가 이번에는 또 무슨 깜짝 놀랄 만한 일을 벌였을까? 그리고 이번에는 내게 얼마나 흥미로운 제보를 하려고 만나자고 했을까? 그러지 않으려고 하는데도 자꾸 기대가 되는 걸 어쩔 수 없네."

"그럼 이 기자님의 기대에 부응하기 위해서 최선을 다해야겠네요."

내 대답을 들은 이은형이 두 눈을 빛냈다.

"선물이 있단 뜻이네?"

"네."

"그 선물의 정체가 뭐야?"

"교육 방송입니다."

"교육 방송?"

내 대답이 예상 밖이어서일까.

이은형이 살짝 당황한 순간, 내가 덧붙였다.

"좀 더 정확히 말하면 교육 방송에서 편성을 받은 '마법사 도레미'입니다."

그리고 내가 덧붙인 이야기를 들은 이은형이 자세를 고쳐 앉았다.

"일본 애니메이션인 '마법사 도레미'를 말하는 거야?"

"알고 계시네요."

"나 문화부 기자거든."

이은형은 당연하다는 듯이 대답했다.

그렇지만 난 그 대답에 속지 않았다.

문화부 기자라고 해서 '마법사 도레미'라는 작품을 다 아는 것은 아니었다.

'마법사 도레미'가 좋은 작품이기는 해도 걸작까지는 아니었으니까.

그래서 내가 말없이 빤히 바라보자, 이은형이 헛기침을 한 후 이실직고했다.

"사실 내가 만화를 좋아해."

"……."

"그래서 문화부 기자까지 된 거고."

"만화 덕후란 뜻이죠?"

"덕후까지는 아니고."

'덕후 맞으면서.'

이은형이 착용하고 있는 애니메이션 캐릭터 반지를 힐끗 바라본 후, 내가 물었다.

"어떻게 보셨습니까?"

"'마법사 도레미'에 대해서 묻는 거야?"

"네."

"음, 재밌게 봤던 것 같아."

"……?"

"예전에 읽은 적이 있긴 한데… 읽은 지 한참 시간이 돼서 내용까지는 정확히 기억이 안 나."

이은형이 대답한 후, 내게 질문했다.

"너도 봤어?"

"물론 봤습니다."

"어떻게 봤어?"

"저도 재밌게 읽었습니다."

"그래? 그럼 '마법사 도레미'가 이번에 교육 방송에서 편성을 받은 게 별문제 없는 것 아니야?"

이은형의 질문에 내가 고개를 가로저었다.

"문제가 있습니다."

"왜 문제가 있다는 거야?"

"재미가 전부는 아니니까요."

내가 대답한 후, 가방에서 미리 준비해 온 '마법사 도레미' 만화책을 꺼냈다.

"34페이지를 한번 보시죠."

"34페이지?"

"네. 아까 기억이 흐릿하다고 하셨으니까 34페이지에서 40페이지까지 읽고 나서 다시 말씀을 나누시죠."

이은형이 영문을 모르겠다는 표정으로 건네받은 만화책을 펼쳤다. 그리고 34페이지에서 40페이지까지 읽은 후, 이은형이 고개를 갸웃하며 물었다.

"내게 이 부분을 읽어 보라고 제안한 이유가 뭐야?"

"폭력성이 너무 짙다는 생각이 들지 않았습니까?"

"폭력성? 마법을 쓸 수 있게 된 주인공 도레미가 나비와 벌, 개미 같은 곤충들을 상대로 마법 훈련을 하는 장면을 말하는 거야?"

"네."

"글쎄. 난 잘 모르겠는데?"

이은형은 폭력성이 강하다는 내 주장에 동감하지 못하는 기색이었다. 그렇지만 난 당황하지 않았다.

이런 반응이 돌아올 것을 이미 예상했기 때문이었다.

"혹시… 나한테 문제가 있는 건가?"

이은형이 조심스럽게 질문한 순간, 내가 고개를 흔들었다.

"이 기자님의 문제가 아닙니다. 아이와 어른의 관점 차이를 말씀드리고 싶었습니다."

"아이와 어른의 관점 차이?"

"네."

"무슨 뜻이야?"

"교육 방송에서 편성을 받은 '마법사 도레미'의 주 시청층은 아이들입니다. 특히 유아들이 많죠. 그런데 일상생활을 하면서 주변에서 흔히 접할 수 있는 나비와, 벌, 개미 같은 곤충들을 상대로 마법 연습을 하면서 괴롭히는 것, 유아들 입장에서는 충격적인 장면이 될 수 있지 않을까요? 또 폭력적이라고 느껴질 수 있지 않을까요?"

"아!"

이은형이 탄식성을 흘렸다.

비로소 내가 말하고자 하는 문제점을 알아챈 듯 보이는 그녀에게 내가 덧붙였다.

"아직 끝이 아닙니다."

"또 뭐가 더 있어?"

"이 칼럼을 한번 보시죠."

중영일보에 실렸던 칼럼을 건네자, 이은형이 흥미를 드러냈다.

"이신화 교수님이 쓰신 칼럼이네."

"아십니까?"

"응. 예전에 기사를 쓰기 위해서 이신화 교수님을 만나서 인터뷰를 했던 적이 있어. 재치도 있으시고, 박식하신 분이야."

이신화 교수에 대해서 설명한 후, 이은형이 칼럼을 읽어 내려가기 시작했다.

그사이 나는 커피를 한 모금 마셨다.

이신화 교수는 칼럼에서 일본 만화들 속에 은연중에 드러나는 식민지 정책에 대해서 불편함을 드러냈었다. 그리고 불편함을 느낀 예로 든 작품 중 하나가 바로 '마법사 도레미'였다.

"더 강한 힘을 무기로 힘이 부족한 곤충들을 괴롭히고 사상을 교화하는 장면은 일본이 한국을 침공해 식민지로 삼고 우리 국민들을 괴롭히고 사상을 교화하려 했던 장면과 흡사한 면이 존재한다."

칼럼 속에서 이신화 교수가 불편함을 느낀 부분을 소리 내어 읽던 이은형이 눈살을 찌푸린 채 입을 뗐다.

"아까는 미처 느끼지 못 했었는데 이신화 교수님이 쓰신 칼럼을 읽고 나니까… 유사한 부분이 존재하는 것 같아."

그리고 그녀가 이신화 교수의 의견과 불편함에 동의한 순간, 난 기회를 놓치지 않고 재빨리 말했다.

"일종의 문화 침공이죠."

"문화 침공?"

"네. 교육 방송을 통해서 '마법사 도레미'를 접한 유아들을 비롯한 아이들은 은연중에 힘이 강한 자가 힘이 약한 자를 상대로 폭력을 행사하는 것이 당연하다는 생각을 갖게 될 수 있습니다. 이 아이들이 훗날 커서 일제 강점기 시대에 대한 역사를 배울 때, 일본은 한국보다 국력이 훨씬 강했다. 강한 자가 힘이 약한 자를 제압하는 것은 당연한 것이니까 일본은 아무 죄가 없다. 당연한 일을 한 것이다. 이렇게 판단할 수도 있지 않을까요?"

내 이야기를 들은 이은형의 표정이 심각해졌다.

"아주 가능성이 없는 이야기는 아니네. 그래서… 더 무섭기도 하고."

후우.

상상만으로도 가슴이 답답한 걸까.

길게 한숨을 내쉰 후 이은형이 다시 입을 뗐다.

"아까 했던 말이 맞네."

"어떤 이야기를 말씀하시는 겁니까?"

"일종의 문화 침공이란 이야기 말이야."

이은형이 굳어진 표정으로 다시 질문했다.

"그런데 왜 교육 방송에서는 '마법사 도레미'를 편성한 걸까? 더구나 '마법사 도레미'는 일본 만화잖아?"

"저도 그 점이 의아했습니다. 그래서 따로 조사를 해 봤더니 그럴 만한 이유가 있었습니다."

"그럴 만한 이유라니?"

"교육 방송 대표 이사가 누군지 아십니까?"

"배석두 전 의원이잖아."

문화부 기자답게 이은형은 배석두가 현 교육 방송 대표 이사라는 사실을 알고 있었다.

"배석두 전 의원, 아니, 배석두 공영 방송 대표가 직접 내린 지시였습니다."

"직접 내린 지시라면……?"

"'마법사 도레미'의 편성이 이미 내정되어 있었다는 뜻입니다."

Chapter. 5

　"진우, 네 말은… 공정한 평가 과정을 거치지 않았다는 뜻
이야?"

　"맞습니다. 그리고……."

　"그리고 또 뭐야?"

　"배석두 대표와 야마모토 간쿠치 대표가 친분이 있습니다."

　"야마모토 간쿠치 대표? 그게 누군데?"

　이은형은 야마모토 간쿠치 대표에 대해서 알지 못했다.

　그런 그녀를 위해서 내가 야마모토 간쿠치에 대해서 설명했
다.

　"혹시 수레이사를 아십니까?"

"수레이사라면… 일본 출판사잖아."

만화 덕후라서일까?

아니면, 문화부 기자라서일까?

어느 쪽인지는 몰라도 이은형은 수레이사에 대해서 알고 있었다.

"맞습니다. 일본 만화 업계에서 세 손가락 안에 들어가는 대형 출판사입니다."

"갑자기 일본 출판사 이야기는 왜… 혹시 야마모토 간쿠치가 수레이사의 대표인 거야?"

"맞습니다."

"'마법사 도레미'는 수레이사에서 출간한 만화이고?"

"네."

"그리고… 수레이사의 대표인 야마모토 간쿠치가 공영 방송 대표 이사인 배석두 전 의원과 친분이 있다?"

이은형은 기자답게 눈치가 빨랐다.

내가 슬쩍 흘린 단서들을 취합해서 빠르게 결론을 향해 치달아갔다.

"이거 보기보다 문제가 심각하네."

그리고 심각한 표정을 짓고 있는 이은형에게 내가 부탁했다.

"그럼 좀 알려 주시죠."

"뭘 알려 달란 말이야?"

"이 사태가 심각하다는 것 말입니다."

"……?"

"우리 국민들도 사태의 심각성을 알아야 하지 않겠습니까?"

내 말을 듣고서 이은형이 무릎을 탁 쳤다.

"당연히 알려야지."

잠시 후 의욕을 드러내는 이은형에게 내가 충고했다.

"쉽지는 않을 겁니다."

그 충고를 들은 이은형이 의아한 표정을 지었다.

"왜 쉽지 않을 거란 거야?"

"기사를 내지 못하도록 압력이 들어올 수도 있습니다."

"그 말은… 배후가 있다?"

"어쩌면요."

"어쩌면?"

"배후가 있다는 것을 막연하게 짐작만 하고 있는 단계입니
다. 아직 그 배후를 완전히 밝히지는 못했단 뜻입니다."

내 대답을 듣고 고개를 끄덕이던 이은형이 말했다.

"알아내."

"네?"

"이런 몹쓸 짓을 꾸미는 배후를 알아내서 까발릴라고."

"최선을 다하겠습니다."

최선을 다하겠다는 내 각오를 들은 이은형이 만족한 표정
으로 말했다.

"나도 최선을 다할게."

"……?"

"무슨 수를 써서라도 기사 내보낼게."

*   *   *

유니버스 필름 대표실.

"후우."

시나리오 책의 마지막 장을 넘긴 이현주가 참고 참았던 한숨을 길게 토해 냈다.

"술 땡기네."

답답한 마음을 참지 못하고 혼잣말을 꺼냈을 때였다.

"걸작 아니면 졸작인가 보네."

오승완에게서 대답이 돌아왔다.

그 대답을 듣고서 이현주가 깜짝 놀라서 고개를 들었다.

오승완이 대표실로 들어왔다는 사실을 전혀 눈치채지 못했기 때문이었다.

"언제 왔어?"

"아까."

"아까?"

"그래. 문 열고 들어왔는데도 모를 정도로 당신이 집중해서 시나리오 책을 읽고 있더라고. 그래서 다 읽을 때까지 기다리고 있었지."

"미안. 당신이 온 줄도 몰랐어."

이현주가 사과하자 오승완이 말했다.

"사과는 됐고. 무슨 시나리오 책이길래 그렇게 집중해서 읽은 거야?"

"진우가 준 책이야."

"레볼루션 필름 서 대표?"

"응."

"서 대표, 다시 작가로 돌아온 거야?"

서진우가 건네준 시나리오가 맞다는 대답을 들은 오승완이 두 눈을 반짝반짝 빛내며 물었다.

그 반응을 확인한 이현주가 웃음을 머금은 채 물었다.

"진우가 작가로 복귀하길 원해?"

"당연하지."

"왜?"

"작가 서진우가 썼던 '텔 미 에브리씽' 시나리오가 끝내주게 좋았거든. 그래서 서 대표가 집필한 시나리오를 한 편 더 연출해 보고 싶다는 욕심이 생겼어."

오승완은 굳이 욕심을 감추려 들지 않고 드러냈다.

"'텔 미 에브리씽' 시나리오가 워낙 좋았긴 했지."

"그러니까."

"나도 서 대표가 집필한 시나리오를 연출하고 싶기는 마찬가지야. 그런데 아쉽게도 그럴 기회는 없을 것 같아. 요새 딴데 정신이 팔려서 글 쓸 생각이 없는 것 같더라고."

"그래?"

아쉬운 표정을 짓고 있던 오승완이 다시 질문했다.

"그럼 그 시나리오 책은 뭐야? 아까 서 대표가 건네준 시나리오 책이라고 했잖아?"

"진우가 건네준 시나리오 책은 맞는데… 직접 쓴 건 아냐."

"제목이 '밀정을 고하라'? 서 대표가 당신한테 이 시나리오 책을 건넨 이유가 뭔데?"

"한번 읽어 봤으면 좋겠다고 말하면서 건네줬어. 그리고 시나리오 책을 다 읽고 나니까 왜 읽어 보라고 했는지 의도가 이해가 가네."

"의도가 뭔데?"

"영화로 만들어져서는… 아니다. 내 의견을 밝히기 전에 당신도 직접 한번 읽어 볼래?"

"나도 읽어 보라고?"

"그래. 당신도 꼭 한번 읽어 봤으면 해."

"알았어. 읽어 볼 테니까 줘 봐."

이현주가 오승완에게 '밀정을 고하라' 시나리오 책을 건넸다.

"난 커피 좀 사 올게."

"그래."

원래 계획은 회사 근처 커피 전문점에서 아이스커피를 테이크아웃해 오는 것이었다.

그렇지만 도중에 계획을 바꾸어 편의점으로 향했다.

캔 맥주를 사서 돌아왔을 때, 오승완은 시나리오 책을 읽지 않고 있었다.

"벌써 다 읽었어?"

"아니, 읽다가 중간에 덮었어."

"왜?"

"도저히 못 읽겠더라고."

오승완이 상기된 표정과 목소리로 대답한 후 덧붙였다.

"당신이 아까 왜 술이 땡긴다고 표현했는지 알겠네."

"……?"

"나도 술이 땡기거든."

그 이야기를 들은 이현주가 웃으며 말했다.

"부부는 일심동체란 말이 맞네. 그럴 줄 알고 술 사 왔어."

딸깍.

이현주가 캔 맥주 뚜껑을 따서 앞으로 내밀었다.

"자, 마셔."

"고마워."

갈증이 무척 심했던 듯 오승완은 사양하지 않고 벌컥벌컥 맥주를 들이켰다.

이현주도 참지 못하고 캔 맥주를 절반쯤 들이켜고 내려놓

앉을 때, 오승완이 심각한 표정으로 물었다.

"아니겠지?"

"다짜고짜 무슨 소리야?"

"이 쓰레기 같은 시나리오가 영화로 만들어지지는 않겠지?"

"만들어질 확률이 높아."

"진짜야?"

"벌써 투자도 받았으니까."

'밀정을 고하라'라는 작품이 이미 투자 유치까지 끝났다는 사실을 알려 주자, 오승완은 놀란 표정을 감추지 못했다.

"정말… 투자를 받았어?"

"그렇다니까."

"대체 누가 투자를 했는데?"

"빅박스."

"돌았네. 아주 제대로 돌았어."

오승완은 충격이 큰 듯 고개를 절레절레 가로저었다.

이현주가 서랍을 열어서 다른 시나리오 책을 꺼내서 내밀었다

"이 책도 한번 읽어 볼래?"

"그를 죽여라? 이건 왜 읽으라는 건데?"

"비슷하거든."

"'밀정을 고하라'라는 쓰레기 작품과 비슷하다고? 그러니까 친일파인 인물을 독립운동가로 탈바꿈시켰다는 뜻이야?"

"응."

"돌겠네. 진짜, 돌아… 가만, 아까 비슷하다고 했으니까 설마 '그를 죽여라'도 투자를 받은 거야?"

"맞아."

"또 빅박스야?"

"이건 빅박스와 리온 엔터테인먼트 공동 투자야."

"하아, 아주 쌍으로 돌았네."

감정이 격해져서일까.

오승완이 내뱉는 표현들은 무척 거칠었다.

그렇지만 이현주는 그것을 탓하지 않았다.

'속이 시원하네.'

오히려 오승완이 내뱉은 거친 표현들이 마음에 들었기 때문이었다.

"서 대표가 이 시나리오 책들을 읽어 보라고 건넨 의도가 뭐라고 생각해?"

잠시 후, 흥분을 조금 가라앉힌 오승완이 물었다.

"절대 제작돼서는 안 될 영화들이 제작되고 있다. 그 사실을 알려 주기 위해서라고 생각해."

이현주가 대답했지만 오승완은 고개를 가로저었다.

"내 생각은 달라."

"다르다고? 그럼 당신은 내게 이 시나리오 책을 건넸던 진우의 의도가 뭐라고 생각하는데?"

"부탁하는 거야."

"부탁? 무슨 부탁?"

"도와 달라고."

"……?"

"나 혼자서는 이 영화들이 제작되는 것을 막기 힘들다. 그러니까 당신도 이 싸움에 동참해 달라고 부탁하는 것 같아."

'그런… 의도였던 건가?'

전혀 생각지 못 했던 부분.

그렇지만 오승완의 이야기를 듣고 나니, 진짜 자신에게 도와 달라고 부탁하는 건지도 모르겠단 생각이 들었다.

그때 오승완이 다시 입을 뗐다.

"미안하네."

"누구한테 미안하단 거야?"

"서 대표에게 미안해."

"……?"

"서 대표가 혼자서 외롭게 싸우고 있는 동안 아무것도 모르고 있었으니까."

'진짜… 미안하네.'

이현주의 얼굴이 붉게 달아올랐다.

서진우가 곁에서 지켜보면서도 믿기 어려울 정도로 대단한 성과물을 만들어 냈지만, 아직 대학생에 불과했다.

영화계에 몸담은 시간도 이현주와 오승완에 비하면 한참 짧

왔고.

그런데 정작 영화계에서 절대 일어나서 안 될 일이 벌어지고 있는 지금, 서진우가 가장 앞장서서 싸우고 있다는 사실이 너무 미안했다.

"우리가… 잘못했네."

그래서 이현주가 말한 순간, 오승완이 동의했다.

"그래. 우리가 잘못했어. 그나마 불행 중 다행인 건… 아직 너무 늦지는 않았다는 거야."

"응?"

"이 말도 안 되는 영화들이 제작되는 것을 막을 기회가 아직 남아 있다는 거지."

그 말을 듣고 이현주가 안도의 한숨을 내쉬었을 때, 오승완이 덧붙였다.

"같이 싸우자. 서 대표가 너무 외롭지 않도록 말이야."

*   *   *

"오늘 무슨 날입니까?"

약속 장소인 소고기 전문점에 도착한 내가 마블링이 선명한 한우 등심이 담긴 접시를 확인하고 이현주에게 물었다.

"아무 날도 아냐."

"그런데 왜 갑자기 소고기를 사시는 겁니까?"

이현주는 성공한 영화 제작자.

그렇지만 그녀는 평소 무척 검소한 편이었다.

"영화를 제작해서 번 돈은 다시 영화 제작에 투자한다."

이런 평소 지론 때문에 지금껏 단 한 번도 비싼 소고기를 산 적이 없었다.

심지어 '살인의 기억'과 '텔 미 에브리씽' 같은 작품이 흥행에 성공한 기념으로 한턱낼 때도 삼겹살을 샀었다.

그런데 갑자기 비싼 소고기를 사는 것이 당혹스러워서 질문하자, 이현주가 대답했다.

"내가 사는 거 아냐. 오 감독이 사는 거야."

"오승완 감독님이요?"

내가 놀란 표정으로 이현주 대표의 옆에 앉아 있는 오승완 감독을 바라보자, 그가 웃으며 말했다.

"응, 내가 한턱 쏘는 거야."

"왜요?"

"서 대표한테 미안해서."

"오 감독님이 저한테 미안하실 일이 뭐가 있습니까?"

"있어."

"네?"

"이 시나리오 책들을 보고 났더니 서 대표한테 미안해졌어.

그래서 밥 한번 사고 싶어진 거고."

오승완이 탁자 위에 올려놓은 시나리오 책들.

'그를 죽여라'와 '밀정을 고하라'였다.

'오승완 감독님도 보셨구나!'

나는 이 두 권의 시나리오 책을 이현주 대표에게 건넸었다.

그렇지만 오승완 감독 역시 이 시나리오 책을 읽었다는 것을 간파했을 때였다.

"열받아서 죽는 줄 알았어."

오승완 감독이 상기된 얼굴로 감상 평을 밝혔다.

"이하 동문!"

이현주 대표 역시 두 권의 시나리오 책을 읽은 후 무척 화가 났다고 밝혔다.

'열받을 만하지!'

그 평가를 들은 내가 고개를 끄덕였다.

처음 이 두 권의 시나리오 책을 읽었을 때 나 역시 머리 꼭대기까지 화가 치밀어 올랐던 것이 떠올라서였다.

"서 대표가 대체 왜 내게 이 시나리오 책을 읽어 보라고 건넸던 걸까? 그 의도가 궁금했어. 그런데 시나리오 책을 다 읽고 나서 서 대표의 의도를 짐작할 수 있었어. 이 영화들은 절대 제작돼서는 안 되는 영화들이다. 이걸 말하고 싶었던 거지?"

'역시 똑똑하네!'

이현주는 당시 내 의도를 정확히 읽어냈다.

그래서 내심 감탄했을 때, 그녀가 다시 말했다.

"그런데 오 감독이 그러더라. 내가 틀렸다고."

"네?"

"서 대표가 내게 이 시나리오 책을 건넸던 진짜 의도는 도와 달라는 뜻이라고 말했어."

"……?"

"그 이야기를 듣고 보니까 내가 틀렸고 오 감독이 맞다는 생각이 들었어."

이번에는 이현주가 틀렸다.

그래서 내가 정정하려고 했지만, 이현주가 말하는 것이 한 발 더 빨랐다.

"그래서 우리도 도우려고. 얼마나 도움이 될지는 모르겠지만, 우리도 서 대표와 같이 싸울 생각이야."

'이건… 전혀 예상치 못했네.'

이 싸움을 시작한 것은 주필호.

그리고 주필호 뒤에는 홍정문 의원을 비롯한 여러 권력자들이 있었다.

그렇지만 두렵지는 않았다.

또, 이 싸움을 나 혼자서 하는 것이 당연하다고 여겼는데.

이현주와 오승완은 내가 하고 있는 외로운 싸움에 기꺼이 동참하겠다고 밝혔다.

그 마음 씀씀이가 고마웠고, 함께 싸우겠다는 의사를 밝힌 것만으로도 든든했다.

하지만 난 고개를 흔들었다.

"굳이 그러실 필요 없습니다."

그리고 내가 그들의 도움을 거절하려는 이유는… 그들이 이번 싸움에 끼어들었다가 다치는 것이 싫어서였다.

그렇지만 이현주 대표는 순순히 물러나지 않았다.

"뭐야? 우리 도움은 필요 없다는 거야?"

"그런 뜻이 아니라……."

"서 대표, 우리 무시하지 마."

서운한 기색을 감추지 않고 드러내며 이현주가 말을 이었다.

"비록 우리가 서 대표처럼 천부적인 감각은 없지만, 그래도 그동안 영화판에서 쌓아 온 인맥이라는 무기가 있어. 그 인맥을 총동원하면 분명 도움이 될 거야."

"말려도… 안 들으실 거죠?"

이현주와 함께한 시간이 길었던 덕분에 이제는 그녀의 고집이 얼마나 센지 알고 있었다. 그래서 말린다고 한들 그녀가 듣지 않을 거라 판단하며 질문한 순간, 이현주가 싱긋 웃으며 대답했다.

"잘 아네."

"그럼 말씀해 보시죠."

"응?"

"어떻게 도와주실지 말씀해 달라는 뜻입니다."

내 말이 끝나기 무섭게 오승완과 이현주가 앞다투어 대답
했다.

"한국 영화 감독 협회에 정식으로 문제 제기를 해 볼 생각
이야."

"난 한국 영화 제작자 협회에 문제 제기를 할 거야."

그 대답을 들은 내가 질문했다.

"우리가 문제 제기를 한다고 해서 협회 측에서 움직일까
요?"

"응. 움직일 거야."

"그렇게 확신하는 근거는요?"

"술이야."

"술… 이요?"

"그동안 간장약 먹어 가면서 열심히 술 마셨던 게 허튼짓을
했던 것은 아닐 거야. 우리한테 술 얻어먹은 게 미안해서라도
움직일걸."

이현주 대표가 웃으며 농담을 건넨 후 덧붙였다.

"그리고 난 믿어."

"술을 함께 마신 제작자들을 믿는다는 겁니까?"

"아니."

"그럼 누굴 믿는다는 거죠?"

"영화인들을 믿어."

"……?"

"내가 아는 영화인들은 모두 한국 영화를 사랑하는 사람들이야. 그들이라면 분명히 한국 영화가 잘못된 방향으로 나아가는 걸 그냥 지켜보지만은 않을 거야."

'좋은 방법이네.'

이현주 대표와 오승완 감독이 제시한 해법.

나는 떠올리지도 못했고, 설령 떠올렸다고 해도 사용할 수 없는 해법이었다.

이들처럼 영화계 인맥을 두텁게 쌓지 못했기 때문이었다.

"도와주셔서 감사합니다."

내가 감사 인사를 건넨 순간 이현주 대표가 손사래를 쳤다.

"이러지 마. 미안한 건 우리니까."

잠시 후, 그녀가 덧붙였다.

"아까 그 말 아주 듣기 좋았어."

"뭘 말씀하시는 겁니까?"

"'우리가 문제 제기를 한다고 해서 협회 측에서 움직일까요'라고 했던 말."

"……."

"이제부터는 같이 싸우자."

*　　　　*　　　　*

〈교육 방송의 본분을 망각했나? 왜 하필 일본 작품 '마법사 도레미' 인가?〉

동양일보 문화면에 실린 기사를 확인한 배석두가 눈살을 찌푸렸다.

"뒤통수를 맞았군!"

동양일보는 대표적인 보수 언론 중 하나.

그래서 동양일보에서 이런 기사를 낼 거라고는 전혀 예상치 못했다.

말 그대로 믿었던 도끼에 발등이 찍힌 상황.

그리고 이게 끝이 아니었다.

〈공영 방송 초대 대표 이사 배석두, 뇌물 수수 혐의로 검찰 수사 진행 중〉

마치 짜기라도 한 것처럼 자신을 타깃으로 한 검찰 수사가 진행 중이라는 기사도 내일 신문에 실렸다.

"누굴까?"

이게 우연일 리 없었다.

누군가 작정하고 자신을 공격하고 있었다.

그 누군가의 정체를 파악하지 못한 상태였기에 배석두는

불안감을 느꼈다.

원래 적의 정체를 알지 못할 때가 가장 위험한 법이었기 때문이었다.

그리고 배석두를 더 불안하게 만드는 것은 홍정문 의원과 연락이 되지 않는다는 점이었다.

"지금은 고객님의 전원이 꺼져……."

감정이 전혀 섞여 있지 않은 기계음을 듣고서 배석두가 통화를 종료한 순간이었다.

지이잉, 지이잉.

전화가 걸려 왔다.

'홍 의원님인가?'

홍정문에게서 걸려온 전화일 거라 판단한 배석두가 서둘러 전화를 받았다.

"여보세요?"

─배석두 대표님이시죠?

하지만 배석두의 예상은 빗나갔다.

수화기 너머로 들려온 목소리는 홍정문의 것이 아니었다.

"그렇소만. 누구시오?"

─'밸류에셋'이란 투자사를 운영하고 있는 채동욱이라고 합니다.

"아, 채 대표님이셨군요."

'밸류에셋' 채동욱 대표의 이름은 배석두도 알고 있었다.

하지만 딱 거기까지였다.

그의 이름만 알고 있을 뿐, 어떤 인연도 얽혀 있지 않았다.

"그런데 채 대표님께서 제게 무슨 일로 연락하셨습니까?"

그래서 갑자기 전화를 걸어 온 용건을 묻자, 채동욱이 대답
했다.

ㅡ배 대표님과 식사 자리를 한번 마련하고 싶어서 연락드렸
습니다.

"저와 식사를요?"

ㅡ네.

"이유가……?"

ㅡ자세한 이야기는 만나서 드리면 안 되겠습니까?

평소였다면 채동욱의 식사 제안을 거절하지 않고 수락했으
리라.

채동욱은 금융 분야에서 영향력 있는 인사.

그런 그와 친분을 쌓아 두는 것이 득이 되면 득이 됐지, 실
이 되지 않을 것임을 알고 있어서였다.

그렇지만 오늘은 내키지 않았다.

자신을 향한 공격이 본격화된 상황.

발등에 떨어진 급한 불을 끄는 것이 우선이었기 때문이었
다.

"다음에 한번 일정을 잡아서……."

그래서 배석두가 넌지시 제안을 거절하려 했을 때였다.

―고민이 많으시죠?

채동욱이 도중에 불쑥 끼어들었다.

"왜 그렇게 생각하십니까?"

―기사를 봤습니다.

"기사… 요?"

―배 대표님, 그리고 교육 방송을 공격하는 기사들이 최근 부쩍 늘었더군요. 그래서 배 대표님께서 고민이 많으실 거라 짐작했습니다.

"흐음."

배석두가 반박하지 못하고 나직한 한숨을 내쉬었을 때, 채동욱이 덧붙였다.

―제가 배 대표님의 고민을 좀 덜어 드릴 수 있을 것 같습니다.

그 이야기를 들은 배석두가 휴대 전화를 쥔 손에 힘을 더하며 물었다.

"어떻게 말입니까?"

―그 방법은 만나서 말씀드리겠습니다.

"……."

―제게 시간을 내주시겠습니까?

'그 방법이 대체 뭘까?'

호기심이 치밀었다.

그래서 배석두가 생각을 바꾸어 대답했다.

"만나서 얘기하시죠."

＊　　　＊　　　＊

호텔 중식당.

배석두가 도착하길 기다리고 있을 때, 채동욱이 참고 참았던 질문을 던졌다.

"서 선생, 배석두 대표의 고민을 덜어 줄 방법이 무엇인가?"

"협상입니다."

내가 대답하자, 채동욱이 다시 물었다.

"협상? 뭘 협상한단 말인가?"

"형량입니다."

"형량이라면… 배석두 대표가 구속될 거란 뜻인가?"

"그렇습니다."

"하지만……."

"이미 증거는 충분히 확보했습니다."

"서 선생이 배석두 대표를 구속시킬 증거를 확보했다는 뜻인가?"

"대표님."

"말하게."

"절 너무 과대평가하시는 것 같습니다."

채동욱이 놀란 표정으로 던진 질문에 내가 대답했다.

"저는 일개 법대생에 불과합니다. 수사권이 없습니다."

"그럼… 이청솔 검사장인가?"

"선배님께서 도움을 많이 주셨습니다."

비로소 상황을 이해한 채동욱이 고개를 끄덕일 때, 배석두 교육 방송 대표가 도착했다.

"처음 뵙겠습니다. 채동욱입니다."

"반갑소, 배석두요."

채동욱과 악수를 나눈 배석두가 내게 고개를 돌렸다.

"누구요?"

그런 그가 날 바라보며 채동욱에게 물었다.

"서진우라고 합니다."

채동욱이 날 소개했다.

"얼마 전 방콕 아시안 게임 남자 샤브르 종목에 출전해서 금메달을 획득한 친구입니다."

"아, 네."

그 소개를 들은 배석두가 두 눈을 빛낸 순간, 채동욱이 덧붙였다.

"실은… 제가 아닙니다."

"네?"

"통화할 때 말씀드렸던 그 방법을 알고 있는 사람은, 제가 아니라 서 선생입니다. 그리고 배 대표님과 자리를 마련해 달라고 부탁한 것도 서 선생이고요."

"그렇… 군요."

천천히 고개를 끄덕이던 배석두가 질문했다.

"그런데 왜 서 선생이란 호칭을 사용하시는 거요?"

"아, 워낙 입에 붙어서 실수했습니다. 실은 서진우 군이 제 딸의 과외 선생 역할을 했습니다. 그래서 계속 서 선생이라고 불렀는데 그게 입에 붙어서 실수를 했습니다."

채동욱은 자신의 실수를 사과했다.

하지만 실수가 아니다.

그가 내게 서 선생이라는 호칭을 사용한 것.

내 부탁 때문이었다.

그리고 TMI처럼 느껴질 수 있는 내가 채수빈의 과외 선생이란 정보를 흘린 것도 내가 꺼낸 부탁이었다.

채동욱과 내가 공적 관계가 아니라 사적인 관계임을 알리기 위한 고육지책.

이런 고육지책을 쓴 이유는 채동욱까지 이번 싸움에 휘말리길 바라지 않기 때문이었다.

"채동욱 대표님께서 방금 말씀하신 대로 제가 배석두 대표님을 만날 수 있도록 자리를 마련해 달라고 부탁했습니다."

"자네가 날 만나려 한 이유가 무엇인가?"

"배 대표님에게 꼭 전해 드릴 자료가 있기 때문입니다."

"무슨 자료지?"

"보시면 알게 되실 겁니다."

"줘 보게."

재촉하는 배석두에게 내가 미리 준비해 온 서류 봉투를 건 냈다.

그 서류 봉투 속 내용물을 살피던 배석두의 미간이 찌푸려 졌다.

'그럴 만하지.'

내가 준비해 온 서류 봉투 속에 들어 있는 내용물.

이청솔과 조동재가 찾아낸 배석두의 비리 관련 자료들이었 다.

본인의 치부가 적혀 있는 자료를 보는데 배석두의 기분이 좋을 리 없었다.

"이 자료를… 어떻게 입수했나?"

잠시 후, 배석두가 질문했다.

하지만 난 그 질문에 대답하는 대신 다른 이야기를 꺼냈다.

"대표님께서는 먼저 가시지요."

"웅?"

"지금부터는 저와 배 대표님이 따로 대화하겠습니다."

"하지만……."

채동욱이 난감한 표정을 짓고 있을 때, 배석두가 끼어들었 다.

"그렇게 하시오."

그리고 배석두가 말하고 나서야 채동욱이 표정에서 난감한 기색을 지우고 말했다.

"그럼 저는 먼저 실례하겠습니다."

채동욱이 떠나고 둘만 남겨진 순간, 내가 다시 입을 뗐다.

"서부지검에서 배 대표님 뇌물 혐의 수사를 진행하고 있다는 건 알고 계시죠?"

"…알고 있네."

"배 대표님 수사를 하고 있는 수사 팀에서 확보한 자료를 전달받은 겁니다."

"왜 그 자료를 자네에게……?"

"지금 중요한 건 그게 아닌 것 같은데요?"

"……?"

"그 자료들을 이미 수사 팀이 확보했다는 사실이 훨씬 중요하죠."

배석두는 반박하지 못했다.

자신의 뇌물 수수 및 비리 혐의에 대한 검찰 수사가 예상보다 훨씬 더 빠르게, 또 깊이 진행됐다는 사실을 인지한 배석두의 낯빛은 어두웠다.

그런 그에게 내가 말했다.

"지금까지 확보한 증거만으로도 최소 십 년은 감옥에서 썩게 만들 수 있다."

"……?"

"이 자료를 건네준 수사 팀 검사님께서 하신 말씀입니다. 그리고 십 년 넘게 감옥에서 썩고 나오시면… 재기는 불가능할 겁니다."

지금 배석두가 처한 현실을 다시 상기시켜 주었지만, 그는 당황한 기색이 아니었다.

그 반응을 확인한 내가 다시 입을 뗐다.

"별로 당황하지 않으시는 걸 보니 믿는 구석이 있으신가 보네요. 그 믿는 구석은 홍정문 의원이겠죠?"

그리고 이번에는 아까와 반응이 달랐다.

홍정문 의원의 이름을 언급한 순간, 배석두는 크게 당황했다.

"자네가… 홍 의원님을 어찌 알고 있나?"

"무려 5선 의원이신데 모르는 게 더 이상한 것 아닙니까?"

"그렇긴 하지만……."

"홍정문 의원님과 배 대표님의 관계가 각별하다는 것도 널리 알려진 사실이고요. 그래서 배 대표님의 믿는 구석이 홍정문 의원님이 아닐까 하는 추측을 해 본 겁니다. 그런데……."

"그런데 뭔가?"

"믿지 마세요."

"……?"

"홍정문 의원님은 궁지에 몰린 배 대표님을 돕기 위해 나서지 않을 가능성이 높거든요."

"왜 그렇게 판단하는 건가?"

"홍정문 의원님은 배 대표님을 미끼로 사용할 테니까요."

"미끼?"

"네."

"지금 대체 무슨 헛소리를 하는 건지 모르겠군."

배석두는 내가 꺼낸 말을 순순히 믿지 않았다.

'당연한 반응이지!'

배석두는 날 오늘 처음 봤다.

반면 홍정문 의원과는 오랫동안 끈끈한 관계를 유지해 왔다.

그러니 오늘 처음 본 내가 꺼낸 말을 순순히 믿는 게 오히려 더 이상한 일이었다.

그런 그가 내 말을 믿게 만들기 위해서 난 다시 입을 뗐다.

"배 대표님에 대한 검찰 수사를 홍정문 의원님은 자신에 대한 선제공격이라고 생각할 겁니다. 그래서 공격을 하는 자들의 정체를 파악하고 싶을 겁니다. 원래 가장 무서운 적은 정체가 드러나지 않은 적이니까요. 그래서 배 대표님을 미끼로 사용할 겁니다. 배 대표님을 미끼로 사용해서 적을 파악할 계산을 하고 있는 거죠."

"그럴 리가……."

"그럴 리가 없다고 생각하시겠지만… 현실은 다르죠. 제가 수사 팀 검사님에게 물어보니 홍정문 의원 쪽에서 수사를 무마하기 위한 어떤 압력도 들어오지 않았다고 하더군요."

"……."

"요새 전화도 안 받으시죠?"

이게 결정타였다.

배석두의 두 눈이 거세게 흔들리는 것을 확인한 내가 제안했다.

"물러나시죠."

"물러나라니?"

"끌려 내려오기 전에 교육 방송 대표 이사직을 내려놓으시란 뜻입니다. 그럼 제가 형량을 줄여 드리겠습니다."

"자네가 내 형량을 줄여 줄 수 있다?"

"네."

"자네가 어떻게……?"

"제가 그 자료를 갖고 있다는 것, 검찰과 끈이 있다는 증거입니다."

"흐음."

배석두가 답답한 표정으로 한숨을 내쉰 후 장고에 잠겼다.

"화장실 좀 다녀오겠습니다."

그런 그를 바라보다가 내가 자리에서 일어났다.

진짜 화장실에 가기 위해서 일어난 것이 아니었다.

일부러 자리를 비켜 준 것이었다.

'전화할 거야!'

내가 화장실에 간다며 자리를 비운 사이, 배석두는 홍정문 의원에게 전화를 걸 것이었다. 그리고 홍정문 의원이 전화를 받지 않으면, '나라 바로 세우기' 모임에 함께 소속돼 있는 다른 정치인들에게도 전화를 걸 것이었다.

그렇지만 그들은 전화를 받지 않을 가능성이 아주 높았다.

홍정문 의원은 이미 배석두를 미끼로 활용하기로 결심을 굳힌 상태였기 때문이었다.

"실례했습니다."

그런 내 예상대로였다.

다시 룸으로 돌아와 살핀 배석두의 표정은 무척 어두웠다.

잠시 후, 그가 결심을 굳힌 후 입을 뗐다.

"하나 궁금한 게 있네."

"말씀하시죠."

"왜… 날 도우려는 건가?"

"전력이 노출되는 것이 내키지 않아서입니다."

"무슨 뜻인가?"

"홍정문 의원님이 원하시는 것은 제가 가진 전력이 얼마나 되는지 알아내는 겁니다. 그런데 저는 전력이 노출되는 것을 원치 않는다는 뜻입니다."

내 대답을 들은 배석두가 잠시 후 물었다.

"내 형량을 얼마나 줄여 줄 수 있나?"

*   *   *

강남 모처에 위치한 고급 일식집 감바레.

평소라면 손님들로 붐볐을 테지만, 오늘은 정기 휴일이었기에 일식집은 조용했다.

그렇지만 실상은 달랐다.

'감바레'가 정기 휴일이란 팻말을 거는 경우는 '나라 바로세우기' 정기 모임이 열리는 날뿐이기 때문이었다.

종업원들도 출근하지 않아서 조용한 일식집 내부로 들어선주필호가 특실 문을 열고 들어갔다.

"차가 막혀서 조금 늦었습니다."

미리 도착해서 특실에 앉아 있는 인물들의 수는 총 아홉명.

이들이 '나라 바로 세우기' 모임의 핵심 멤버들이었다.

'배석두 대표는… 결국 못 나왔구나.'

빈자리를 발견한 주필호가 속으로 생각했다.

〈공영 방송 대표 이사 배석두 전 의원, 횡령 및 뇌물 수수 혐의로 구속 영장 발부〉

강남으로 오는 길에 확인한 속보였다.

배석두 전 의원 역시 '나라 바로 세우기' 모임의 핵심 멤버중 일인(一人).

그런 그에게 구속 영장이 발부되면서 정기 모임에 참석하지 못하는 상황이 되었기에 주필호는 모임 분위기가 무척 무겁고 심각할 거라 예상했다.

그런 그의 예상대로였다.

특실 분위기는 착 가라앉아 있었고, 말없이 술잔을 기울이던 멤버들 가운데 정윤성 의원이 총대를 메고 나섰다.

"왜 손을 쓰지 않으신 겁니까?"

상석에 앉아 있던 홍정문 의원을 향해 정윤성 의원이 따지듯 물었다.

"손을 쓸 방법이 없었네."

"네?"

"검찰 측이 아주 은밀하고 빠르게 움직였어. 법원에 영장 청구를 하고 난 후에야 나도 소식을 들었을 정도였네. 아마 배 전 의원도 본인에 대한 조사가 이뤄지고 있다는 낌새조차 알아채지 못했을 거야."

"그래도 검찰총장에게 연락해서 구속되는 것을 막을 수도 있지 않았습니까?"

정윤성은 공격을 멈추지 않았다.

그렇지만 홍정문은 불쾌한 기색을 드러내지 않고 담담한 신색으로 앞에 놓인 찻잔을 들어 한 모금 마신 후 대답을 꺼냈다.

"일부러 그렇게 하지 않았네."

"네?"

"굳이 그럴 필요가 없다고 판단했다는 뜻이네."

"……?"

"배 전 의원은 미끼였으니까."

"미끼… 라고 하셨습니까?"

"맞네."

"뭘 위한 미끼였습니까?"

정윤성이 다시 질문했지만, 홍정문은 대답하지 않고 주필호에게 고개를 돌렸다.

"그 친구를 만났다고 했지?"

홍정문이 언급한 그 친구가 서진우임을 간파한 주필호가 대답했다.

"네, 만났습니다."

"무슨 말을 하던가?"

"의원님께 본인의 이야기를 전해 달라고 부탁했습니다."

"말해 보게."

주필호가 바로 입을 열지 못하고 머뭇거릴 때, 홍정문이 재촉했다.

"어서 말해 보라니까."

그 재촉을 받고서야 주필호가 입을 뗐다.

"순순히 당하고만 있지는 않을 것이다."

"……?"

"이렇게 전해 달라고 부탁했습니다."

"그랬군."

홍정문의 눈썹이 꿈틀거리는 것을 주필호가 놓치지 않았을 때, 대화에 귀를 기울이던 정윤성이 다시 끼어들었다.

"그 친구라니. 대체 누굴 말씀하시는 겁니까?"

"서진우!"

"⋯⋯?"

"한국대학교 법학과 재학생입니다."

홍정문이 서진우가 한국대학교 법학과 재학생이라 밝힌 순간, 정윤성이 언성을 높였다.

"일개 대학생이 감히 홍 의원님께 그런 망발을 했다는 겁니까? 설마 이런 이야기를 듣고 참으실 겁니까?"

자존심이 상해서일까.

정윤성은 흥분한 기색이 역력했지만, 홍정문은 여전히 담담한 목소리로 입을 열었다.

"일개 대학생이 아닙니다."

"네?"

"'IMF'와 '살인의 기억' 등의 흥행 영화를 제작한 레볼루션 필름의 대표이고, 즉석 밥을 히트시킨 두정식품의 최대 지분 보유자입니다. 또 국내 최대 연예 기획사인 '블루윈드'와 신생 투배사이지만 빠른 속도로 성장하고 있는 'Now&New'의 실 소유주이기도 합니다."

홍정문이 서진우에 대한 소개를 더한 순간, 정윤성이 당혹스러운 표정을 지었다.

"아까 한국대학교 재학생이라고 말씀하지 않으셨습니까?"

"맞습니다."

"일개 대학생이 어떻게……?"

"평범한 대학생이 아니니까요."

"혹시… 재벌 2세입니까?"

"아닙니다."

"그런데 어떻게……?"

"가끔씩 천재는 출몰하니까요. 그리고 아까 말씀드린 게 다가 아닐 수도 있습니다. 제가 알아낸 것 외에도 이미 더 많은 성과를 이뤄 냈을 가능성도 충분하니까요."

　정윤성을 비롯한 의원들이 놀란 표정으로 술렁이기 시작했을 때, 홍정문이 덧붙였다.

"서진우라는 이름 세 글자를 기억하십시오. 우리 모임 최대의 적이 될 가능성이 높은 인물이니까요."

"왜… 서진우가 우리 모임의 적이란 겁니까?"

"배 전 의원을 궁지로 몰아간 것이 서진우입니다. 일종의 선전 포고를 한 셈이죠."

"하지만…?"

"서부지검 이청솔 지검장과 서진우가 아주 가까운 사이입니다. 서진우가 이청솔 지검장을 움직여서 배 전 의원에 대한 수사가 시작됐다는 뜻입니다."

배석두에 대한 검찰 수사가 시작된 것이 서진우와 연관이 있다는 사실을 알게 된 정윤성이 흥분한 채 말했다.

"그럼 더욱 배 전 의원을 보호해야 하는 것 아닙니까? 우리가 절대 만만한 상대가 아니라는 것을 보여 줘야……."

"배 전 의원은 그럴 가치가 없는 자입니다."

"네?"

"지금 신경 써야 할 중요한 문제들이 산적해 있습니다."

"하지만……."

"배 전 의원이 왜 구속된 건지 압니까? 내 지시를 어기고 사욕을 채우는 데 여념이 없었기 때문입니다. 그때 배 전 의원을 버리기로 결심했습니다. 내가 지난 선거에서 배 전 의원을 험지에 출마시켰던 것, 이미 그를 버리기로 결심했던 증거입니다. 욕심에 눈이 멀어 내 지시를 어기는 자는… 우리 모임에 필요하지 않으니까요."

홍정문이 담담하지만 단호한 목소리로 덧붙였다.

"배석두 전 의원, 미끼이기도 했지만, 본보기이기도 했습니다. 제 지시를 따르지 않고 경거망동하면 어떻게 되는지 모두 똑똑히 보셨을 겁니다."

정윤성을 비롯한 의원들이 흠칫하며 감히 자신의 시선을 맞받지 못하고 고개를 숙였다.

그런 그들을 둘러보며 홍정문이 다시 말했다.

"만약 배 전 의원이 의원직을 유지하고 있었다면 상황이 또 달라졌을 겁니다. 국회 의원에게는 면책 특권이 있으니까요. 그리고 아시다시피 총선이 얼마 남지 않았습니다. 내 말, 무슨 뜻인지 아시겠습니까?"

질문에 대한 대답은 돌아오지 않았다.

그렇지만 홍정문은 초조하게 변한 의원들의 표정을 통해서 그들이 자신의 말뜻을 이해했음을 짐작할 수 있었다.

'결국⋯ 욕심에 눈먼 자들이지.'

이들이 '나라 바로 세우기' 모임에 발을 들인 이유.

나라를 바로 세우겠다는 거창한 목표가 있어서가 아니었다.

진짜 목적은 의원직을 계속 유지하는 것.

홍정문을 이들의 욕심을 이용해서 원하는 것을 취하고, 이들은 권력을 유지하기 위해서 자신에게 충성하고 있는 것이었다.

그리고 선거에서 이기기 위해서 가장 필요한 것은⋯ 돈이었다.

그래서 홍정문이 운을 뗐다.

"정치 자금을 지원하고 싶다는 제의가 들어왔습니다. 그리고 지원받는 정치 자금의 규모가 꽤 큽니다. 아마 이번 총선을 치르는 데 부족하지 않을 겁니다."

거액의 정치 자금을 지원하겠다는 제의가 들어왔다 말한

순간, 의원들이 눈을 빛냈다.

"대체 얼마이길래……?"

그리고 정윤성이 대표로 던진 질문을 들은 홍정문의 입가로 냉소가 스치고 지나갔다.

'누가 정치 자금을 지원했느냐?'가 아니라 '얼마나 정치 자금을 지원했느냐?'라는 질문을 먼저 던진 것.

정치 자금을 지원한 것이 누구인가는 전혀 중요치 않다는 뜻이었다.

'의원직을 유지하기 위해서는 악마가 영혼을 팔라고 해도 선뜻 팔 인간들!'

홍정문이 속으로 혀를 차며 대답했다.

"200억입니다."

*   *   *

"여기야!"

번쩍 손을 들고 있는 양해걸을 발견한 천태범이 앞으로 걸어갔다.

"얼굴 좋아졌다!"

지난번 만났을 때에 비해 양해걸의 안색은 훨씬 좋았고, 표정도 더 밝아져 있었다. 그래서 천태범이 말하자, 양해걸이 웃으며 대답했다.

"이제 숨이 좀 쉬어지거든."

"무슨 소리야?"

"배석두 대표 이사가 구속된 것, 천 변도 알지?"

"나도 뉴스 정도는 보거든."

천태범이 알고 있다고 대답하자, 양해걸이 재빨리 덧붙였다.

"대표 이사가 파면되면서 배석두 라인이 싹 정리됐어."

"배석두 라인이라면··· 편성국장?"

"여러 사람 있었지만··· 편성국장이 오른팔이었지."

천태범이 일전에 양해걸과 나누었던 대화를 떠올렸다.

"힘든 이유야 많지. 방송국 개국한 지 얼마 안 돼서 일도 많고, 상사들은 앞뒤가 꽉 막혀서 말이 안 통하고, 그중에서 가장 힘든 게 뭔지 알아? 내 맘대로 할 수 있는 게 아무것도 없다는 거야."

당시 양해걸은 교육 방송으로 이직했음에도 불구하고 자신의 뜻을 펼칠 수 없다는 점을 가장 힘든 점으로 꼽았었다.

그리고 자신의 뜻을 펼치지 못하는 데 있어서 가장 큰 걸림돌이 편성국장이란 이야기도 했었고.

그런데 배석두 대표 이사가 파면되면서 배석두 라인이었던 편성국장 역시 잘려 나간 상황.

이것이 양해걸의 표정이 밝아진 이유라고 천태범이 짐작하며 물었다.

"이제 좀 살 만하단 뜻이지?"

그 질문에 양해걸이 고개를 끄덕이며 대답했다.

"이제 숨이 좀 쉬어진다니까."

"아직 방심하긴 이르다."

"응?"

"그 나물에 그 밥이 다시 대표 자리와 편성국장 자리를 차지할 수도 있으니까."

천태범이 충고했지만, 양해걸은 고개를 흔들었다.

"그 나물에 그 밥 아냐."

"그걸 네가 어떻게 확신해?"

"나니까."

"응?"

"내가 편성국장이 됐거든."

양해걸의 이야기를 들은 천태범이 소주병을 들었다.

"진짜 그 나물에 그 밥은 아니네. 축하한다."

"고맙다."

"그래서 보자고 했구나."

"응?"

"승진 턱 쏘려고 만나자고 한 것 아냐?"

천태범이 묻자 양해걸이 웃으며 대답했다.

"뭐, 비슷해. 고마워서 술 한잔 사려고."

"고맙다니? 네가 승진했는데 왜 나한테 고마워하는 건데?"

"그런 생각이 들었어."

"어떤 생각?"

"네가 도움을 줬다는 생각."

"……?"

"그날 너한테 하소연을 하고 난 다음에 얼마 지나지 않아서 상황이 갑자기 바뀌었잖아. 그래서 네가 도움을 준 것일 수도 있다고 생각했지."

양해걸이 진지한 표정으로 꺼낸 이야기를 들은 천태범이 손사래를 치며 말했다.

"나 이제 검사 아니라 변호사야. 변호사가 무슨 힘이 있어서 교육 방송 대표 이사 같은 거물을 날릴 수가 있겠어?"

"그래도 검찰에 끈이 있잖아."

"끈?"

"동기도 있고 선배들도 있을 테니까 날 위해서 그들한테 부탁을 한 게 아닐까 하는 생각을 했지."

"아웃사이더였어."

"응?"

"아웃사이더라서 검찰에 끈 같은 것 남아 있지 않다고. 그러니까 말도 안 되는 상상은……."

양해걸이 한참 잘못 짚은 것이라고 말하려던 천태범이 도중에 입을 다물었다.

어쩌면 자신이 이번 일에 영향을 끼쳤을지도 모르겠다는 생각이 퍼뜩 들어서였다.

"잠깐만 기다려 봐."

거기까지 생각이 미친 순간, 천태범이 벌떡 일어났다.

"어디 가?"

"전화 좀 하고 올게."

가게 밖으로 나온 천태범이 서진우에게 전화를 걸었다.

—여보세요?

"서 이사, 나야."

—천 변호사님이 이 시간에 무슨 일로 전화하셨습니까?

"서 이사한테 궁금한 게 생겨서 전화했어."

—저한테요? 뭐가 궁금하신데요?

"교육 방송 배석두 대표 이사가 날아간 것, 혹시 서 이사가 관여했어?"

—네.

서진우는 담담한 목소리로 인정했다.

그렇지만 천태범은 담담할 수 없었다.

교육 방송 대표 이사였던 배석두.

3선 의원 출신의 거물이었다.

서진우가 움직여서 그런 거물을 구속시켰다는 사실을 알고 나서 어찌 담담할 수 있을까?

"어떻게… 한 거야?"

"선배님이 도움을 주셨습니다."

"지검장님이?"

"네. 배석두 대표가 비리를 많이 저질렀더라고요."

"서 이사."

"말씀하시죠."

"도대체 뭘 꾸미고 있는 거야?"

천태범이 참지 못하고 질문하자, 서진우에게서 대답이 돌아왔다.

"제가 원하는 건 한 가지입니다."

"뭔데?"

"지금보다 좀 더 나은 세상을 만드는 것이요."

*   *   *

지이잉, 지이잉.

진동하는 휴대 전화를 확인한 문상표가 미간을 찌푸렸다.

평소에는 잠잠하던 휴대 전화였는데.

오늘은 달랐다.

쉬지 않고 휴대 전화가 울리고 있었다.

"여보세요?"

ー선배, 접니다.

문상표가 전화를 받자 평소 친분이 있던 영화 제작자 후배 김성대의 목소리가 들려왔다.

"어, 김 대표. 오랜만이네."

―네, 오랜만에 연락드렸습니다.

"무슨 일로 연락했어?"

―선배, 아무리 생각해 봐도 이건 아닌 것 같습니다.

"오랜만에 전화해서는 다짜고짜 이건 아닌 것 같다니? 무슨 소리야?"

문상표가 언짢은 표정을 지은 채 질문했다.

그렇지만 김성대가 전화를 걸어서 이건 아닌 것 같다고 말하는 의미와 이유를 문상표는 이미 짐작했다.

계속 비슷한 내용의 전화에 시달렸기 때문이었다.

'성대가… 열 번째인가?'

문상표가 머릿속으로 계산하고 있을 때였다.

―선배가 제작하는 영화, '밀정을 고하라'에 대해서 말씀드리는 겁니다. 이대로 진행하는 것은 아닌 것 같습니다.

김성대가 설명을 더했다.

'예상대로네.'

친한 후배 영화 제작자 김성대가 전화를 걸어온 이유가 자신의 짐작대로라는 사실을 알아챈 문상표가 짤막한 한숨을 내쉬며 물었다.

"다들… 나한테 왜 이래?"

─정말 몰라서 물으시는 겁니까?

"응?"

─선배가 제작자로서 해서는 안 될 일을 하려고 하니까 이러는 것 아닙니까? 그러니까 멈추세요.

"안 멈추면?"

─앞으로 선배와 모르는 사람으로 살겠습니다.

"뭐?"

─다시는 연락하지 마십시오.

그 말을 끝으로 김성대가 전화를 끊었다.

"이 새끼가 싸가지 없이……."

거칠게 숨을 몰아쉬던 문상표의 시선이 탁자 위에 올려둔 신문에 닿았다.

〈친일파를 옹호하며 역사 왜곡을 시도하는 영화 제작을 중단하라.〉

한국대 강대집 교수를 필두로 백 명이 넘는 역사학과 교수들이 신문에 발표한 성명서의 제목이었다.

그리고 이 성명서가 발표된 것이 선후배 영화 제작자들이 쉴 새 없이 자신에게 전화를 걸어 오는 이유라고 문상표가 짐작했을 때였다.

지이잉, 지이잉.

다시 휴대 전화가 진동했다.

'또… 누굴까?'

문상표가 긴장한 표정으로 전화를 받았다.

"여보세요?"

―대표님, 차 감독입니다.

"어, 차 감독."

'밀정을 고하라'의 연출 제안을 했던 차인봉 감독에게서 걸려 온 전화임을 알아챈 문상표의 표정이 밝아졌다.

"이제 결심이 섰어?"

―네, 결심이 섰습니다.

"그럼 계약서 쓸 일만 남았네."

―아니요.

"응?"

―계약서 쓸 필요 없습니다. 이 작품 연출 안 맡기로 결정했으니까요.

'뭐야? 연출을 안 맡기로 결정했다는 뜻이었어?'

문상표가 와락 인상을 구겼다.

차인봉 감독도 '밀정을 고하라'의 연출 제안에 긍정적이었다.

그래서 그가 작품의 연출을 맡을 거라고 확신하고 있었는데.

그 확신이 빗나간 셈이었다.

"갑자기… 연출을 안 맡기로 결정한 이유가 뭐야?"

—이건 좀 아니다 싶어서요.

"무슨 소리야?"

—선배 감독들, 그리고 후배 감독들에게서 계속 전화가 걸려 왔습니다. 이 작품의 연출을 맡으면 안 된다고.

"고작 그런 이유로……?"

—고작이 아닙니다.

"……?"

—돈이 급해서 이런 쓰레기 같은 작품의 연출을 맡으려고 했던 게 너무 쪽팔렸거든요.

"방금… 쓰레기라고 했어?"

문상표가 버럭 소리를 질렀다.

그렇지만 대답은 돌아오지 않았다.

차인봉 감독은 이미 전화를 끊은 후였기 때문이었다.

"돌아 버리겠네."

문상표가 거칠게 숨을 몰아쉬며 사무실을 박차고 나갔다.

*　　　　*　　　　*

투자 배급사 빅박스 대표 이사실.

문상표가 커피 잔을 입으로 가져가며 최우종 대표를 살폈다.

'왜… 저기 앉아 있는 거지?'

최우종 대표가 소파 상석이 아니라 자신의 맞은편에 앉아 있는 것이 잘 이해가 가지 않아서였다.

'저 사람은 누구지?'

그리고 최우종 대표 대신 소파 상석에 앉아 있는 남자를 힐끗 살폈을 때였다.

"시나리오 수정을 원한다고 했죠?"

최우종 대표가 질문을 던졌다.

"그렇습니다."

문상표가 대답하자, 최우종 대표가 다시 물었다.

"이유는요?"

"분위기가 심상치 않습니다. 역사 왜곡 논란이 거센 상황이라서… 이 논란을 피해 가기 위해서라도 시나리오 수정이 필요할 것 같습니다."

"어디를 어떻게 수정하겠다는 겁니까?"

"극 중 등장인물인 주원봉을 삭제해야 할 것 같습니다. 친일 논란이 워낙 거센 인물이라서 다른 인물로 대체하거나, 아예 가상의 인물을 넣는 편이 나을 것 같습니다."

문상표가 미리 준비해 온 대답을 꺼낸 후 최우종의 대답을 기다렸다.

그렇지만 최우종은 바로 대답하지 않았다.

"어떻게 생각하십니까?"

미간을 찌푸린 채 소파 상석에 앉아 있는 남자에게 의견을 구했다.

'대체 누구길래?'

최우종 대표가 상석을 양보한 데다가 의견까지 구하고 있는 남자의 정체에 대한 호기심이 더욱 커졌을 때였다.

"불가합니다."

남자가 대답을 꺼냈다. 그리고 최우종은 남자의 말이 진리라도 되는 양 잠시의 망설임도 없이 똑같은 말을 했다.

"시나리오 수정 요구는 받아들일 수 없습니다."

"대표님."

"아직 할 이야기가 더 남았습니까?"

"시나리오 수정 없이 영화 제작을 밀어붙이면 후폭풍이 클 겁니다. 아니, 영화가 제작될지 여부도 확신할 수 없습니다."

"왜 영화 제작 여부도 확신할 수 없다는 겁니까?"

"그게… 연출을 비롯한 스태프들을 구하기가 어렵습니다."

"차인봉 감독과 연출 논의가 오가는 중이란 보고를 받았는데요?"

"맞습니다. 그런데 차인봉 감독이 아까 전화를 걸어 와서 작품의 연출을 맡지 않겠다고 선언했습니다."

"이유는요?"

"그게……."

문상표가 바로 대답하지 못하고 머뭇거릴 때, 소파 상석을 차지하고 있던 남자가 대화에 끼어들었다.

"연출료에서 이견이 발생한 탓에 협상이 결렬된 거라면 연출료를 더 높여 준다고 하세요."

그리고 남자가 꺼낸 이야기를 들은 문상표가 미간을 찡그렸다.

'지금 상황을 전혀 파악 못 했구나.'

이런 생각이 들어서였다.

"연출료 때문이 아닙니다. 차인봉 감독이 작품의 연출을 맡지 않기로 결심한 이유는… 쪽팔려서라고 했습니다. 이런 영화를 연출하는 게 부끄럽다고도 했고요."

문상표가 말을 마친 순간, 최우종의 낯빛이 핼쑥해졌다.

그런 그는 소파 상석을 차지한 남자의 눈치를 살피기 바빴다.

"그럼 다른 감독에게 맡기세요."

"……?"

"감독이야 많지 않습니까?"

남자의 이야기를 들은 문상표가 한숨을 내쉬었다.

"상황이 그렇게 녹록지가 않습니다. 한국 영화 감독 협회에서 성명서를 발표한 탓에 신인 감독들도 연출 제의를 거절하고 있습니다. 그리고 설령 감독을 구하는 데 성공한다고 하더라도 촬영 스태프를 구하는 것도 하늘의 별 따기나 마찬가지입니다."

문상표가 현재 상황에 대해서 알려 준 후, 남자를 바라보았다.

남자가 상황을 파악하고 수정 요구를 수락해 주길 내심 바랐는데.

남자는 문상표의 바람과는 다른 이야기를 꺼냈다.

"두 배를 준다고 하세요."

"……?"

"두 배로도 모자랍니까? 그럼 기존에 받던 임금의 세 배를 준다고 하세요. 그럼 영화 제작에 참여할 스태프를 구할 수 있을 테니까요."

*   *   *

"그레이 필름 문상표 대표가 '밀정을 고하라' 제작을 포기했어. 선후배 제작자들이 나서서 제작을 포기하라고 압박한 데다가 빅박스 측에서 시나리오 수정 요구를 끝내 받아들이지 않아서 제작을 포기하는 결정을 내린 것 같아."

이현주 대표가 상기된 목소리로 소식을 전했다.

"차인봉 감독이 연출을 맡지 않기로 결정한 게 결정타였을 겁니다. 그리고… 차인봉 감독을 설득한 게 바로 접니다."

오승완 감독 역시 상기된 목소리로 대화에 동참했다.

그리고 두 사람은 이런 말을 할 자격이 있었다.

이미 예고했던 대로 이현주 대표는 한국 영화 제작자 협회에 정식으로 문제 제기를 했다.

오승완 감독도 한국 영화 감독 협회에 문제 제기를 했고.

이들이 열 일을 제쳐두고 열심히 움직였던 덕분에 상황의 심각성을 깨달은 영화인들이 움직였기 때문에 문상표가 '밀정을 고하라' 제작을 포기한 것이었다.

"결국 우리가 이겼네."

잠시 후, 이현주 대표는 확신에 찬 표정으로 이번 싸움에서 우리가 승리했다고 선언했지만, 난 천천히 고개를 흔들었다.

"아직 안 끝났습니다."

"응? 아직 안 끝났다니? 그게 무슨 소리야?"

"샴페인을 터뜨리기에는 너무 이르다는 뜻입니다."

"왜……?"

"그들은 쉽게 포기하지 않을 테니까요."

"……."

"그리고 돈의 힘은 막강하니까요."

영화 제작사 그레이 필름 문상표 대표가 비난 여론에 버티지 못하고 '밀정을 고하라' 제작을 포기했다고 하더라도 주필호는 포기하지 않을 것이었다.

그리고 그가 사용할 수는 충분히 예측이 가능했다.

"그들은 영화계와는 아무 상관이 없는 인물을 데려와서 새로 영화 제작사를 세우게 할 겁니다. 그리고 그 영화 제작사에서 '밀정을 고하라' 제작을 계속 진행할 겁니다. 투자와 배급은 빅박스에서 맡기로 결정이 난 상황이니까 남은 문제는 감독과 스태프들을 구하는 것인데… 그 문제는 돈으로 해결할 겁니다."

내가 앞으로의 전개 방향을 예측해서 언급하자, 이현주 대표가 표정을 굳힌 채 물었다.

"돈으로 해결한다는 게… 무슨 뜻이야?"

"말 그대로입니다. 영화계에서 일하고 있는 스태프들의 근무 환경은 무척 열악한 편입니다. 대부분의 스태프들이 생활고에 시달리는 상황이죠. 그런데 만약 기존에 받던 임금의 몇 배나 되는 임금을 지급한다고 하면 합류하지 않겠습니까?"

"절대 그럴……."

그럴 리가 없다고 대답하려던 이현주 대표가 도중에 입을 다물었다.

확신이 서지 않기 때문일 터.

"돈 앞에서 자유로울 수 있는 사람은 많지 않습니다."

자본주의 사회에서 돈만큼 강한 무기는 없는 법이다.

내가 그 점을 지적한 순간, 이현주 대표가 반박했다.

"그렇게까지 할 수 있을까? 만약 서 대표가 말한 대로까지 해서 영화를 제작한다면… 설령 영화가 흥행에 성공한다고 하더라도 수익이 날 가능성이 희박해. 그러니까……."

"이 대표님도 알고 계시지 않습니까?"

"……?"

"이들의 목표는 영화를 제작해서 수익을 올리는 게 아니라는 사실을요."

"그래, 알지."

이현주 대표가 이번에는 반박하지 못하고 한숨을 내쉰 후 다른 이야기를 꺼냈다.

"한동안 이 바닥이 시끄럽겠네. 이러다가… 영화계가 커다란 위기에 처할 수도 있겠다는 우려가 들어."

"어쩌면… 그것 역시 그들이 원하는 것일 수도 있습니다."

나 역시 그 점에 우려를 표하며 덧붙였다.

"결국 '밀정을 고하라'는 제작될 겁니다."

우여곡절이 많았지만 결국 '밀정을 고하라'가 제작돼서 개봉하게 될 거란 사실을 알려 주자 이현주와 오승완의 표정이 딱딱하게 굳어졌다.

"막을 방법은… 없는 건가?"

'여기까지!'

잠시 후, 이현주 대표가 던진 질문에 내가 떠올린 생각이었다.

'그를 죽여라'와 '밀정을 고하라'.

이 두 작품이 제작되는 것을 막기 위해서 많은 영화인들이 최선을 다해서 움직였고, 우리가 할 수 있는 것은 여기까지라는 생각이 든 것이었다.

"막을 방법은 없습니다."

그래서 내가 대답했다.

돈의 힘은 막강했고, 현재로서 두 작품들이 제작되어 개봉하는 것을 막을 수 있는 방법은 없었기 때문이었다.

그 사실을 알려 주자 이현주 대표가 절망스러운 표정으로 물었다.

"서 대표, 그럼 이제 어떻게 해야 하지?"

"기다려야죠."

"뭘 기다리자는 거야?"

"진인사대천명(盡人事待天命)."

"……?"

"우리가 할 수 있는 일은 모두 다 했으니 겸허히 결과를 기다리는 것 외에 다른 방법은 없습니다."

                    *   *   *

'빠르고… 강하다!'

일련의 상황들을 겪으며 내가 받은 감정이었다.

'나라 바로 세우기'라는 모임의 행동책 역할을 맡은 주필호의 움직임은 무척 은밀하면서도 빨랐고, 그들이 가진 자본의 힘은 예상보다 훨씬 막강했다.

그래서 더욱 경계심이 깃드는 한편, 우리도 힘을 길러야 한다는 생각이 들었다.

'결국… 돈과 권력이야!'

그들이 가진 권력에 밀리지 않으려면 우리도 권력이 필요했다. 그리고 거기까지 생각이 미친 순간, 내가 떠올린 것은 이청솔이었다.

"검찰총장으로 만들어 드리겠습니다."

얼마 전 이청솔에게 내가 했던 약속이었다.

하지만 이청솔은 당시 내가 했던 약속을 순순히 믿는 기색이 아니었다.

그저 답답한 마음에 한번 해 본 말이라 여기는 기색이었다.

그렇지만 난 빈말을 했던 게 아니다.

막강한 적들을 상대하기 위해서는 이청솔을 검찰총장으로 만들 필요가 있었다.

문제는 방법.

그래서 내가 그 방법에 대해서 고민하고 있을 때였다.

지이잉, 지이잉.

탁자 위에 올려 둔 휴대 전화가 진동했다.

"여보세요?"

─아저씨.

내가 전화를 받자, 수화기 너머에서 생기 넘치는 목소리가 들려왔다.

'날 아저씨라고 부르는 사람은… 보안이뿐이지.'

조보안이 전화를 걸었다는 사실을 알아챈 내가 반갑게 말했다.

"이야, 대스타께서 먼저 연락을 주시고 황송한데?"

—에이, 대스타는 무슨. 그래도 아직 절 잊지 않아서 다행이네요.

"잊을래야 잊을 수가 없지. TV만 틀면 보안이가 나오는데 어떻게 잊을 수가 있겠어?"

—그런데 왜 그동안 연락 한 번 안 했어요?

"그거야 보안이가 워낙 바쁘니까 방해가 될까 봐 연락을 안 했지."

—치이, 거짓말.

"거짓말 아니거든."

—보고 싶어요.

"누가? 오빠가 보고 싶다고?"

—아니요.

"그럼 누가 보고 싶다는 거야?"

—오빠 말고 아저씨요.

'한결같네.'

내가 픽 하고 실소를 흘리며 말했다.

"나도 보안이가 보고 싶네."

―그럼 우리 만날까요?

"그래. 어디서 볼까?"

내 질문에 조보안이 대답했다.

―그때 그 햄버거 가게에서 봐요.

*   *   *

〈혜성같이 등장한 신인 여가수, 대중을 홀리다〉

〈음악 방송 1위를 차지한 십 대 소녀, 가요계를 발칵 뒤집어 놓았다〉

〈판매량 백만 장 돌파한 조보안의 데뷔 앨범, 신기록 세웠다〉

〈조보안 신드롬, 한국 넘어 아시아 시장도 삼킬 수 있을까?〉

'내 결정이 옳았던 셈이네.'

이미 인프라가 갖춰져 있던 cm엔터테인먼트와 손을 잡는 편이 조보안의 성공을 위해서 최선이란 내 판단은 적중한 셈이었다.

cm엔터테인먼트의 홍보력을 등에 업고 타고난 음악성과 끼를 발산한 조보안은 성공적으로 데뷔를 했을 뿐만 아니라 최고의 인기를 구가하고 있었다.

그래서일까.

조보안이 약속 장소인 햄버거 가게 안으로 들어서기도 전에 이미 주변은 소란스럽게 변해 있었다.

차에서 내려 몰려든 인파를 뚫고 햄버거 가게 안으로 들어온 조보안은 날 발견하고 환하게 웃으며 손을 흔들었다.

"아저씨!"

'오빠라고 불러 줬으면 더 좋았을 걸!'

내가 여전히 아쉬움을 느끼고 있을 때 조보안이 내 앞으로 다가왔다.

"사인해 주세요."

"사인?"

"아시안 게임 금메달리스트의 사인 받고 싶어요."

"내가 아시안 게임 금메달 딴 건 또 어떻게 알았어?"

"당연히 알죠."

"당연히?"

"날 cm엔터테인먼트에 팔아넘기고 신경도 안 쓰는 아저씨가 대체 뭘 하고 있는 건가 궁금해서 찾아봤거든요. 그러다가 방콕 아시안 게임 펜싱 종목에 선수로 출전했다는 것을 알게 됐죠. 그때 제가 얼마나 놀랐는지 아세요?"

삐진 것처럼 양 볼을 부풀린 채 따지듯 묻는 조보안의 모습.

무대 위에서 아이라고는 믿기지 않을 정도로 성숙한 카리스마를 선보일 때와는 전혀 달랐다.

진짜 그 나이대 아이로 돌아가서 어리광을 부리는 것처럼 느껴졌다.

"사인은 오빠가 받아야 할 것 같은데?"

"오빠 아니고 아저씨."

"쩝, 사인은 아저씨가 보안이에게 받아야 할 것 같은데? 못 본 사이 엄청난 스타가 됐으니까."

"헤헤, 제가 요새 좀 잘나가긴 해요."

"조금이 아니라 엄청 잘나가던데? 이러다가 아저씨 연락은 받지 않는 게 아닐까 걱정이 될 정도로."

"에이, 설마요. 지금의 제가 있는 것, 아저씨 덕분이란 걸 알고 있는데 제가 어떻게 그래요."

"내 덕분이 아니라 보안이 네가 열심히 한 덕분이야."

"역시 멋있어. 아저씨만 아니라면 반했을지도 몰라요."

'나 아직 대학생이거든.'

『회귀자와 함께 살아가는 법』 10권에 계속…